Fan
ファン文庫
TearS

会社であった泣ける話

～職場でこぼれた一筋の涙～

JN131096

株式会社 マイナビ出版

TearS

CONTENTS

すべての明かりが灯る夜　杉背よい　005

おうちの卒業証書　猫屋ちゃき　021

自分の価値を決めるのは　金沢有倖　037

ある日、暗闇がおとずれ　溝口智子　053

俺は安藤課長を怒らせたい！　南潔　069

アリの巣にて　鍬津ころ　085

企画室より愛を込めて
石田空
101

カラスは舞い降りた
霜月りつ
117

部長と南国花子さん
一色美雨季
135

すべては煙になり
神野オキナ
151

雨を泳ぎ、波紋を渡る
澤ノ倉クナリ
167

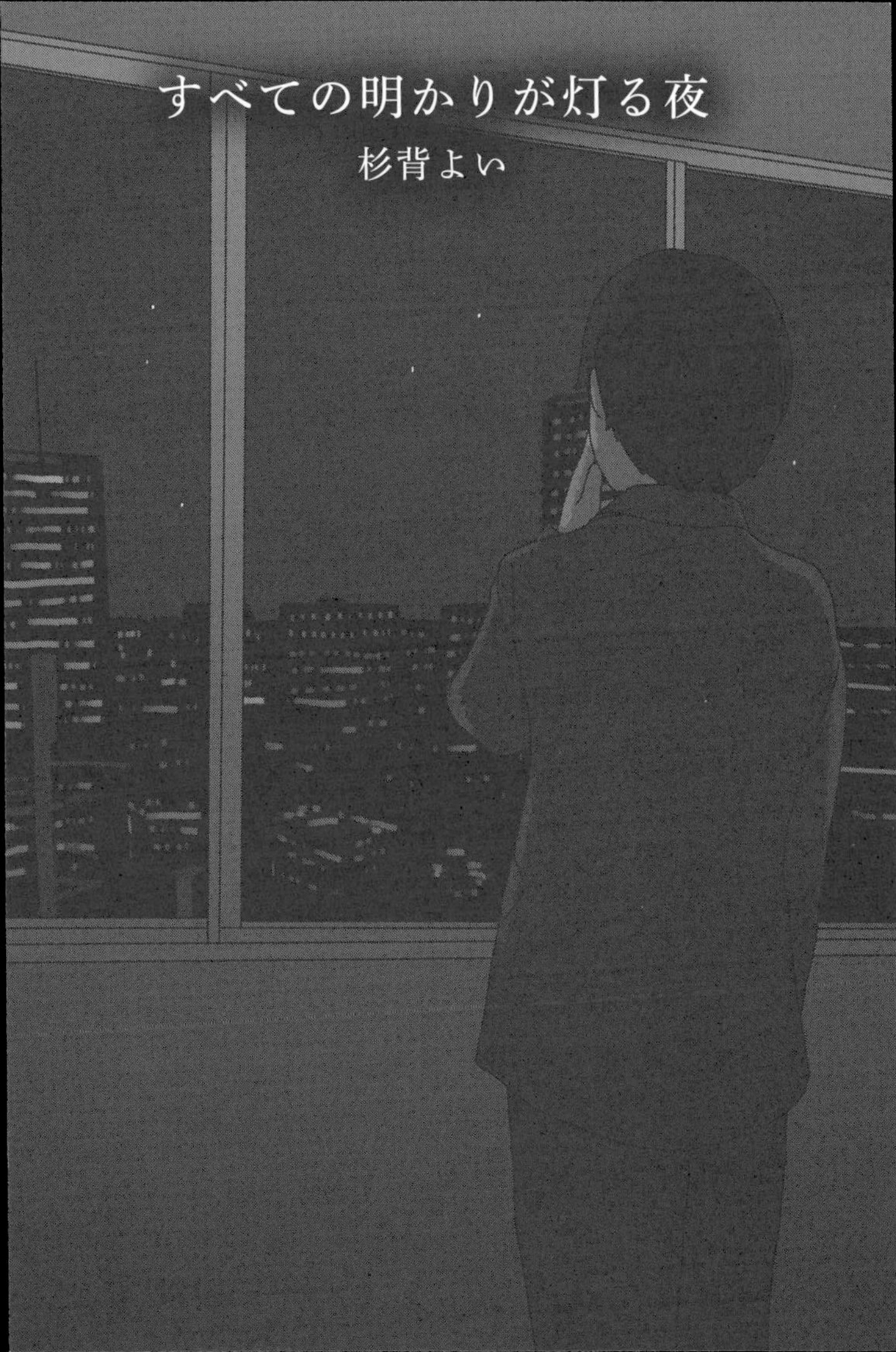
すべての明かりが灯る夜
杉背よい

「そうですか。予約でいっぱいですか……」

竹原雄太《たけはらゆうた》は落胆して電話を切った。もうかれこれ三件、同じような電話のやり取りを繰り返している。予約をしていた店の店主が急病になるという予測不能な理由でやむなくキャンセル。慌てて代わりの店を探していた。

そうは言っても送別会は滞りなく開催しなければならない。それも特別に思い出に残る最高の会にしたい――雄太は焦る気持ちをどうにか抑えつつ、再びパソコン画面に戻って検索を続けていた。

雄太が新入社員の頃からお世話になった先輩、松崎《まつざき》ひとみが今月を最後に異動することになった。報《しら》せを聞いた雄太は少なからずショックを受けた。

ひとみは雄太の勤務する「サンイツ食品営業二部」でトップの成績を収める優秀な女性だった。新入社員の雄太の教育係を務めてくれたこともあり、雄太は特にひとみに頭が上がらない。気働きができ、ハキハキとした明るい雰囲気のひとみはどこから見ても「デキる」雰囲気の社員である。それとは対照的に雄太は物覚えも要領も、決していいとは言えない。しかしそんな雄太にも、根気よく丁寧に仕事を教えてくれたひとみに、雄太は心から感謝していた。せめて送別会で今までのお礼を形にしたかった。

午後八時を回ったオフィスは無人である。普段は他にも残っている社員がいるが今夜はクリスマスイブだ。誰も彼もがそそくさと帰り支度を始め、気付いたら雄太は一人になっていた。

雄太は自他ともに認める「宴会係」である。歓送迎会、忘年会、要望があれば新年会。スケジューリングから店選び、諸連絡と会計業務のすべてを雄太一人が担った。他にも営業二部の懇親と社員旅行を兼ねた恒例バスツアーも取り仕切るのは雄太だった。「幹事の達人」などとつねにおだてられ、雄太は自分からその役目を買って出るのである。だが、雄太は「それしかできない」からそうしていたに過ぎなかった。

行く気はまったくない、行けたら行く、途中から参加、途中で早退。食べ物はあれがダメ、これが食べたい……みんなの要望を汲んでいると店も日にちも決まらない。「来られたらでいいっすよ」「今回は海鮮物でヨロシクお願いしまーす！」要望を聞くだけ聞いたらバッサリ切るところは切っていかねば前に進まない。「竹原くんは愛されキャラだからね」と言ってすべてを済まされそうになるたびに、雄太はぐっと反論の言葉を飲み込んできた。

――俺にできるのはこれしかないんだから。

雄太は決して「デキる」営業ではない。しかし誠意を持って仕事に取り組むことはできる。せめて人がやらない些末《さまつ》なことをやらなければチームに申し訳が立たない。雄太は皆が自分にイメージしているような明るいお調子者でもなければ愛されキャラでもない。劣等感の塊を包み隠しておちゃらけているのだ。

そうこうしているうちに、目ぼしい店が見つかった。ウェブでは予約可となっているが、実際に連絡してみないとわからない。急いで席だけでも確保しないと――雄太がスマホで通話をしようとしたそのとき、背後で物音がした。雄太は思わず通話を切り、振り返る。

「あ、ごめん。驚かせちゃった？」

ハッとして雄太は何故かスマホを後ろ手に隠してしまった。そこには送別会の主役である松崎ひとみが立っていたのだ。

「先輩、今日はもう帰ったんじゃ……？」

ひとみは照れくさそうに「忘れ物しちゃって」と笑った。ひとみの机の上にスマホが無造作に置かれていた。

「あったー！　よかったー！」

スマホを手に取り、ひとみは安堵の表情で自分の席に腰を下ろした。「どこかに落としたのかと思って会社戻るまで気が気じゃなかったー」とすごい勢いでまくし立てる。

「スマホとか……忘れるんですね」

雄太はしっかり者のひとみの意外な一面に驚いた。ひとみは恥ずかしそうに言葉を続ける。

「もう異動するから言うけど、私結構抜けてるとこあるんだよね。仕事は間違えないように必死でやってるからその反動なのかな」

「全然知りませんでした」

雄太がつぶやくと「気付かれてなくてよかった」とひとみはいたずらっぽく笑った。

「ところで竹原くん、一人で遅くまで頑張ってるね」

「あ、いや……」と今度は雄太が言い淀んだ。業務は終えて、業務外の幹事業を行っているとは言えなかった。しかも目の前にいる先輩のための。

「もうちょっとだけやって帰ろうかと思ってたとこです」

そっか、と頷くと、ひとみは何かに気付いたように窓際に歩いていく。

「あー竹原くん、ブラインド閉めっぱなし！　ちゃんと協力しなきゃダメだよ」

そう言いながら、ひとみはブラインドを上まで全部上げてしまった。

「協力？」

意味がわからず聞き返した雄太は、少しずつ露わになる窓がいつもより明るく照らされていることに気付いた。

「今日はこの地区の全館ライトアップの日。知らなかった？」

言われて初めて雄太も思い当たった。雄太たちの会社も入っているオフィスビルの他にも多数のビルと商業施設が建ち並ぶこの地区では夏と冬の二回、一晩だけ全てのフロアの明かりを灯すというイベントが行われるのだった。「今日だったんですね」と雄太がつぶやくと、「年二回、七夕の夜とクリスマスイブね」とひとみは得意気に言った。

このビルで働くようになって何年も経つが、当日は外回りに出ていることが多く、居合わせたのは初めてだった。

「わざわざこの日に合わせて見に来る人も多いんだよ。ねえ、試しに外見てみなよ」

あまり気乗りはしなかったが、ひとみが窓辺に立ったまま手招きをするので雄太はそばに歩み寄った。そして、思わず目を見張った。

「わっ……！」

ひとみは雄太の顔をしたり顔で覗き込む。

「綺麗でしょう？」

「はい」と虚ろな調子で雄太は頷いた。雄太は吸い込まれるように窓の外の景色を見つめた。目の前の、幾重にも連なり続いていくビル群のすべての窓に明かりが灯っている。それは圧巻の眺めだった。

普段は意識していないビルの窓にも明かりがついている。その事実に何故か雄太はひどく心を揺さぶられた。

「あのビルも、その向こうのビルも……いつもは気にしたことがないビルの上の階までぜーんぶ明かりがついてるってことは、誰かが働いたり、何かの活動をしてるってことだよね」

ひとみは遠くを見つめてつぶやく。

「……それってなんかすごいことだよね」

雄太は大きく頷いた。ひとみが自分の気持ちを代弁してくれたことに驚いた。

「向こう側にいる人も、同じようにこっちの明かりを見て勇気付けられてるかもしれないよね」

ひとみが笑うと、雄太は唐突に胸が苦しくなった。

——先輩とこうして話せる時間も限られてるんだな。

ふと我に返り、その事実に気付く。窓の向こうを見つめていたひとみの表情が急に曇った。

「あーあ、もう少しで異動か」

驚いてひとみの様子を窺うと、口調はあっけらかんとしているのに、顔は強張っている。

「大丈夫かな、私」

初めて聞くひとみの弱音に、雄太は動揺してしまった。

「先輩なら大丈夫ですよ！　だってメチャクチャ仕事できるじゃないですか！」

ひとみが泣き出しそうに見え、雄太は慌てて不器用に言葉を並べた。嘘ではない。前から言いたくても言えないことばかりだった。

雄太の様子が必死だったのか、ひとみは一瞬真顔になった後、噴き出した。

「竹原くん、私のこと買い被りすぎだよ。でも……ありがとう」

「いや、だって、本当のことですもん」

言いかけた雄太にひとみは唐突に「今までありがとね」と言った。

「竹原くんは、いつも誰もやりたがらないような面倒なことや、気付かないような小さなことを自分から進んでやってくれてるよね。会社に入ったときからずっと」

意外な言葉に雄太は目を見張る。

「私もみんなも竹原くんの厚意に甘えて、これまで何でも任せてきてしまった。

竹原くんは明るくて、いつもニコニコしててくれるけど本当は大変なんだろうなって思ってたんだ。今日だって、自分の仕事以外のみんなのための仕事をしてくれてたんでしょう？」

声も出ない雄太の傍らで、ひとみは「昔の話だけど」と話し出した。

雄太が入社して間もない頃の社内のバス旅行。夜は陽気な上司の意向で宴会になり、誰もが歌や余興を強要される雰囲気になっていた。雄太が会場を見回すと、明らかに顔色が悪い社員が何人かいる。そのうちの一人がひとみだった。

——ああ、そうだよな。そりゃ、宴会や余興が苦手な人もいるよな。

怯えるような顔つきのひとみを見て、突然雄太のスイッチが入った。

「竹原の十八番《おはこ》、モノマネメドレー行きます!!」

やけくそになった雄太は立ち上がって、カラオケを独占して時間を稼いだ。

もちろん十八番などではない。モノマネは適当だったが時折まぐれで似てしまうものもあり、けなされたり褒められたりで周囲を呆れさせながら宴会は終焉を迎えたのだ――。

「いやー、酔っててあんま覚えてないです。新人って怖いもんなしですね」

そう言って誤魔化したが、雄太は覚えていた。あの夜を機に、お調子者キャラは確定され、何人かには軽蔑されるようになったかと思う。しかし後悔はしていない。

「あのとき、本当に助かった。私だけじゃないよ」

ひとみの真っすぐな目に雄太は心中を見透かされそうでうつむいた。そうしないと、自分を保っていられそうになかった。明るくてお調子者キャラの化けの皮が剝がれ、暗くてネガティブな本性が覗いてしまう。雄太はできるだけひとみに顔を見られないようにうつむく。

「今まで一人に任せてしまってごめん。でも全部見てきたから。そして、本当にありがたいと思ってるから」

――やばい、泣く。

雄太は慌てて顔を背けた。間に合わず、目に涙が滲む。気付かれないように手の甲で涙を拭《ぬぐ》う。それでも拭いきれずに涙が頬を伝った。

雄太の行動を努力などとは思わず、便利な奴だと、あいつがやって当たり前だと切り捨てる人が大多数だと思っていた。しかし、全部知ってくれている人が、ちゃんと居た――。雄太は誰かに褒められること、顧みられることは諦めて粛々と裏方に回っていたつもりだった。だが、今はっきりとわかった。

――俺は、一人でもいいから誰かに認めて欲しかったんだ。

すう、と息を吸い込み、雄太は完全に涙を拭い去る。

「私も今日、竹原くんと話せて踏ん切りがついたよ。新しい場所で頑張っていけそう」

ひとみに泣いていたことを悟られたかもしれない。だが、ひとみは気付かないフリをしてくれていた。

「新しい部署でも先輩は大活躍できますよ！」

声が裏返っていないか気を配りながら、どうにか雄太は言葉を返す。

「あのさ、最後にもう一つだけ言うとね。竹原くんを推したの、私なんだ」

ひとみは得意げに胸をそらす。

雄太は意味がわからず、「ええ……？」と力なく聞き返す。

「偶然竹原くんの採用面接のときに、私、新卒の竹原くんを見かけてね……そのとき竹原くん、入口で同じように面接を受けようとしていた男の子のスーツの襟を直してあげてたんだよね、後ろからそっと」

――そんなことがあっただろうか。

雄太にとっては遥か昔のことのように感じられる。ひどく緊張していたことだけは覚えている。

「はあ」と相槌を打った雄太に「それでね」とひとみは人差し指を立てた。

「これから一緒に戦うライバルなのになんてお人よしなんだろう、って私、ほっこりしちゃったの」

ぽかんと聞いていた雄太の顔が苦笑いに変わっていく。褒められているのか、お人よしと注意されているのか。

「で、人事の担当の人に話しちゃったんだ。いい子がいますよ、って。詳しいことはわからないけど私の勘ですって思わず力説しちゃったの。そしたら本当に竹原くんが採用になって……だから入社式が私たちの初対面じゃなかったんだよ」

初めて聞く話だった。雄太はせわしくまばたきをし、ひとみの顔を見つめる。

「結果、私って見る目あったんだよね。将来人事もやっていけそうだな」

――ずっと先輩は見ていてくれたんだ。入社する前から。

じんわりと温かい気持ちが胸のうちに広がっていくのを雄太は感じていた。

「ごめんね。喋りすぎちゃったね。じゃあ、お疲れ様」

手を振って出て行く間際、ひとみは「送別会、期待してるよ」とにかっと笑った。全部バレてるし、と雄太は苦笑しつつ、「任せてください！」と頷いた。

「俺……今日、報われちゃったよ」

雄太がポツリとつぶやくと、ひとみのいなくなった無人のオフィスに小さく響いた。雄太は窓にもたれ、もう一度明かりが灯るビル群を眺めた。

あの窓のすべてに、頑張っている人たちがいる。明かりの一つ一つの瞬きが、雄太を励ましてくれるように思えた。

「これからも、俺にできることをやっていけばいい」

雄太は気合いを入れると、再び送別会準備に取り掛かることにした。自席に戻りかけて、雄太は窓に自分の顔が映り込んでいることに気付く。

今まではすぐに目を逸らしていた自分の顔。しかし今は、ほんの少し誇らしそうに笑みを浮かべて雄太を見つめ返してきた。

雄太は初めて、そんな自分の顔を好ましく感じた。

たくさんの窓にはまだ明かりが灯っている。雄太は祈るような気持ちで明かりの一つ一つを見上げていた。

おうちの卒業証書

猫屋ちゃき

昼食後のまどろんだ空気の中、間島《まじま》は自分のデスクであくびをかみ殺していた。すると向かいの席から手が伸びてきて、丸めて筒状にした紙で頭を叩かれた。

「間島くん、暇なら外に行きなさい。不動産営業は足で稼ぐのが基本よ」

そう言って眼鏡の奥から鋭い視線を向けてくるのは、先輩社員の上條《かみじょう》だ。バリバリ働く上條は、間島のことを手を抜きがちだと思っているらしく厳しい。

だが、前の会社からこの「エステート都《みやこ》」に引き抜いてくれたのは彼女だから、恩があるため不満はぐっと飲み込むしかない。

「暇じゃないですって。このあと来客があるんで」

「ああ。家を売りたいって電話をくれた人よね。確か立地がいまいちだった」

「……そうです。でも、ものは悪くないので、売り方次第とは思いますが」

上條は電話で連絡があってすぐは気になっていた様子だったが、住所を聞いて場所を確認した途端、興味をなくしていた。

「間島くんに任せるから、まあ頑張って。私はこれから仕入れで、社長も戻らないと思うから、戸締りよろしく」

カバンと車のキーを手に、上條は颯爽と事務所を出ていった。彼女は自分で物件を見つけに行くのが好きだし、高額になるものはさらに好きだ。前の会社で賃貸部門にいた頃からかなりのやり手だったが、売買専門の今の会社に来てさらに実力を発揮している。

一件一件丁寧に向き合いたい間島とは、信念も働き方も違っている。そのぶん、上條が手を付けない物件は間島がじっくり取り組むことができている。

何度目かのあくびをかみ殺していると、ガラス戸が開いて来客を告げるベルが鳴った。

「いらっしゃいませ」

「お電話していた、土屋《つちや》です」

「お待ちしておりました」

そこに立っているのは人の良さそうな老婦人で、椅子を勧めると小さく会釈して腰を下ろした。

「お電話いただいてから外観だけでもと思って見に行ったんですが、趣《おもむき》のあるいいお宅ですね」

「まあ、見に行ってくださったの？」

お茶を出しながら間島が言うと、土屋は嬉しそうにした。こういうときの反応で、依頼主が家に愛着があるかないかがわかる。それによって売り方も変わるため、反応を見ておくのは大切なことだ。

「早くお見せしたくて、家の写真を撮ってきたんです」

「ありがとうございます。助かります」

土屋は機嫌よく笑いながら、スマホを差し出した。外観に始まり、玄関、洗面所と浴室、台所、それから各部屋の写真があった。きちんと収納やバルコニーの様子もわかるように撮ってあり、資料として申し分ない。

「すごく広いんですね。それにきれいに住んでらして、このまま住んでも問題なさそうですね」

昭和後期に建てられたということだから傷みが気になっていたのだが、写真を見る限りかなり状態がいい。売りたいと言ってもボロボロで、上物付きの土地として売り出すしかない場合もあるのだ。

「ああ、よかった。お父さん……主人が頑張って建てた家なんです。まだ景気がいいときに建てたから、大きくて立派なのが自慢で」

土屋はまるで自分が褒められたように喜んだ。その顔を見れば、彼女のこの家への思い入れの強さがわかる。

「一生懸命売らせていただきます！」

鍵を預かった間島は、宣言するみたいに言った。

その後、物件を見に行って写真を撮って間取り図を作り、それで資料を作成して――と張り切っていたが、いざ売り出してみると思ったような成果は上がらなかった。問い合わせは入るものの、最寄りの商店や施設についての詳細を知ると、相手は途端に興味を失うようだ。

「全然内見の希望が入りません。ネットの広告にはアクセスされてるし、チラシもかなりまいたんですけど」

問い合わせの電話を待つ間島は向かいに座る上條に愚痴った。売上報告書を作成中で忙しいながらも契約が立て続けに決まったため上機嫌の彼女は、間島を一瞥してミントのタブレットを放った。

「しゃっきりしなさい。ネットに広告載せてチラシまいただけで家が売れるなら、私たち不動産営業なんていらないじゃない」

「そうですけど……そんなに魅力ないですかね、この家」

築四十年の5LDK納戸付き。庭も車を停めるスペースもある。何と言っても部屋数の多さが魅力で、子育て中のファミリーにはうってつけだと思うのだが。

「ここ、学校から遠いのよ。スーパーもコンビニも微妙な距離。となると車が必須になるけど若い世代は車を持たない人も増えてる。じゃあ子育てが落ち着いた世代をターゲットにするとなると、今度は広すぎて持て余す。どの層をターゲットにしても、マイナスポイントが目立つのよね」

上條が言ったことは問い合わせの反応からもわかっていたから、間島は何も言い返せなかった。家が魅力的なだけに、すぐに指摘できるマイナスポイントがあるというのがひどく惜しい。

「どうしても売りたいなら、どこかで妥協点を見つけるしかない。それを売り主さんにも納得してもらうの。私たちの仕事って、そういうものだから」

上條は「現実と折り合いつけてもらわなきゃ」と言うと、また自分の仕事に戻った。言われたことの正しさは理解しつつも、間島は納得できなかった。

それからしばらくして、内見の希望が入った。その人は介護サービスを営んでいるらしく、土屋邸をデイサービスの施設として使いたいのだという。現地を見せたところ好感触で、すぐに契約したいということになった。

なかなか進展がなかったため間島は喜んだが、連絡をした土屋の反応は芳しくなかった。

『本当は、あの家を売りたくないんです。だって、お父さんが頑張って建てた家で、子供たちもあそこで育って、思い出がたくさんあるんですから』

間島の連絡に、土屋が戸惑い、動揺しているのがわかった。だが、この言葉を額面通りに受け取ってはいけないこともわかる。売るのをためらったからといって「じゃあ、やめますか」と言って済むほど単純ではない。

上條ならば、きっと言ってしまうだろう。面倒事に見切りをつけるのが早いのは能力の高さだが、間島は違った。家はただの財産ではなく、住んでいた人の思い出が詰まった宝物であり、心の拠り所でもあるのだ。それを売らなければならない寂しさを考慮して、売り主にとって後悔のないようにしたい自分のような不動産営業がいてもいいと間島は思っている。

人と家との幸せな出会いを作りたい――それが間島のモットーだから。

「土屋さんは、どのような方にあの家に住んでもらいたいですか？」

大切な家を売らせてもらう立場として、聞いておくべきことだった。それを知らなければ、土屋の希望に添うことができないから。

『人が住まないと、家は死んでしまう。死んでしまったら、未来に残せない。だから、誰かに住んでもらいたくて売る決心をしたんです』

「未来に残す、ですか」

『介護施設が悪いと言ってるわけじゃない。でも、あくまで人が暮らす場所であってほしいんです。わがままなのは、わかっているんですけれど……』

家を売りたい、人に住んでほしいと思うのは、両立が難しい願いであるのは土屋もわかっているから苦悩しているのだろう。これを無理だ、面倒だと切り捨てるのは簡単だが、間島の信条に反する。人と家との幸せな出会いには、売り主である土屋の幸せも含まれているのだから。

「土屋さんのお宅が、人が暮らす場所となるよう努めます」

そう誓った間島は、チラシを見直すことにした。最初に作ったものはどんな家なのかわかってもらいたいという意識が先行してしまい、家の情報しか載せていなかった。しかし、今度は周辺の施設情報を載せ、どんな町に建つ家なのか思い浮かべてもらえるチラシになるよう心がけた。さらに、通学可能な範囲の学校の情報も詳しく載せた。徒歩と公共交通機関でそれぞれ何分くらいかかるのか書くことで、実際に通うイメージが湧きやすいようにしたかったのだ。距離があることはマイナスになり得るが、現実に通えるか否か検討してもらうのは強みになると考えたのである。

聞こえのいい情報だけ載せて客寄せしても、実物を見てがっかりさせたのでは意味がない。チラシに実情を載せて、その上で興味を持ってくれる人を待つほうが、この家にとっても土屋にとっても幸せなはずだから。

そのチラシが功を奏したのか、間もなくしてかなり手ごたえを感じる問い合わせが入った。夫婦と小学校入学を控えた子供の三人、近々、四人になる家族だ。その家族の長たる加藤《かとう》氏のメールには冷やかしの雰囲気は一切なく、それどころか熱心に家探しをしているのが伝わってきた。

だから、できれば加藤家が土屋邸を気に入ってくれればと、祈るような気持ちで内見の日を待った。


「本当に、素敵なお家《うち》ですね」

内見当日。「エステート都」を訪れた加藤家を車で現地まで案内すると、土屋邸が目に入ってすぐに加藤氏の妻が言った。

「お庭だー！　すごいね！　お庭があるよ！」

車を停めてドアを開けると、一番に飛び出したのは幼稚園児の息子だった。

「そうね、お庭があっていいね」

「お家もでっかいね！　走り回れるよ」

「走るのはだめよ。お家の中じゃ走ったらだめなの」

「はーい。早く見たいー」

息子はたしなめられても興奮が収まらないようで、毬《まり》のように跳ねていた。

加藤夫妻は申し訳なさそうにしたが、間島は急いで鍵を開けてやった。

「さあ、どうぞ」

玄関に通しスリッパに履き替えてもらうと、間島は一歩引いて好きに見てもらうことにした。これだけ興味を持っている人たちに必要なのは、間島の説明よりも実物をよく見ることだろう。だから、あくまで付き添いのつもりで付いてまわるに留《とど》めた。

加藤家は熱心に、そして楽しそうに家の中を見て回った。ひどい傷みはないものの、やはり古い家だし、近年建てられたものと比べると造りからして違う。そのため、実物を見てがっかりされるのではと思っていたのだが、どうやら杞憂に終わりそうだった。

「あ、これ……」

大体の部屋を見て回って、庭に面した縁側に出たとき、加藤氏が柱の一本に何かを見つけたようだった。その視線の先を辿ると、柱の表面を削って刻まれた文字があった。どうやら誰かの身長の推移を刻んだものらしい。

「ああ、これなんですが、売り主さんが紙やすりで削るなり業者にきれいにしてもらうなりしようかとおっしゃっていたんですが」

「とんでもない！　どうかこのままにしておいてください。こういうのが古い家の味じゃないですか」

売り主の土屋が気にしていた部分だったため間島はフォローを入れようとしたが、不要だったようだ。加藤氏は感激したように柱の傷を見ている。

「こういう、人の営みを感じさせる場所で子供たちに育ってほしいというのが、私と妻の共通の夢なんです。イメージは、田舎の祖父母の家みたいな。生憎私も妻もマンション育ちなもので……だから、この家に出会えてよかった」

加藤氏がしみじみと言うのを、その妻も肯定するように何度も頷いて聞いていた。息子も庭へ出たそうにうずうずしながら、「お庭をお花いっぱいにするー」と言っている。その様子を見て間島は、加藤家にならこの家を任せていいと土屋も納得するだろうと感じていた。

間島の印象通り、今度は土屋もすんなり受け入れることができたようだ。売買契約にともなう諸々のこともつつがなく片付き、スムーズに引き渡しの日を迎えることができた。

双方の希望で現地で最後の挨拶をすることになり、加藤家は自家用車で、土屋は間島の車で家に向かった。

土屋にとっては、この家を目にする最後の機会だ。だから当然、家を見る彼女の眼差しには寂しさが感じられた。だがそれは、加藤家の幼い息子が近づいてきたことで一変する。

「おばーちゃんっ」

息子は土屋に駆け寄っていくと、一枚の紙を差し出した。恭《うやうや》しく掲げ持つそれは賞状のようで、金色の紙で折られたメダルが貼り付けられている。

「あげる！」

「まあ！　何かしら？」

「そつぎょーしょーしょだよ。おばあちゃん、今までこの家を大事にしてたから、頑張りましたって賞状。お家をきれいに住み続けるのって、大変だってパパとママが言ってた。だから、ありがとう」

「まあ、まあ……」

息子から賞状を受け取ると、土屋は感極まったというように胸を押さえた。

「……家を買っていただいて、その上こんな素敵な卒業証書までいただけるなんて思っていなかったわ。こちらこそ、ありがとう」

土屋が言うと、加藤氏も持参した菓子折りを手に一礼した。

「土屋さんの大切なお家とその歴史、今後は私たちが引き継がせていただきます」

「ここがまた、子供たちが育つ家になるのね。幸せなことだわ。……よろしくお願いします」

固い握手を交わした双方の間には温かい空気が流れていて、それを前にした間島の胸もじんと熱くなった。

それは、人と家との出会いを繋ぐ不動産屋が、もっとも幸せを感じる瞬間だった。

「せっかくなので、皆さん並んで写真を撮りませんか」

間島の提案に、その場にいた全員が喜んだ。上條が見ていたら、サービスしすぎだときっと言うだろう。だがこれは、間島自身のためでもあった。

これから仕事で辛いことがあったとき、手作りの卒業証書を手に微笑む土屋と、この家の未来を担っていく加藤家の姿を見て、このときの幸せな気持ちを思い出すのだ。それがきっと仕事をしていくための自信と、やりがいを思い出させてくれるに違いないから。

自分の価値を決めるのは

金沢有倖

「いやー悪いねえ、コピーしてもらえて助かったよ。さすが雑務のプロ」

「ありがとうございます、コピー機の側《そば》に座っているので」

女子社員にあまり好かれていない総務課長の相手をしているのは、社内一優しいと言われる総務の花井康子《はないやすこ》だ。営業三課の僕、田中《たなか》の同期である。

「にしても君はいつも仕事を大量に抱えているねえ。要領悪いから溜まるんだろうし、雑用くらいでしか会社に貢献できないから丁度いいか」

「はい、頑張ります」

(おい花井、何で笑顔のまま？　パワハラで訴えていい発言だろ)

よく、笑顔が崩れないものだ。花井は新入社員の時から、何を言われてもお多福さんみたいに笑ってた。僕だったら、落ち込んで立ち直れない。

奪うようにコピー書類を受け取り去る課長の背中を見送ってから、花井はデスクに向かって自分の仕事を再開した――総務課長ではないが、本当にいつも仕事が山積みなのだ。誰が見ても要領が悪いと思うだろう。

「仕事忙しいから手が離せないって、断れば良かったのに」

思わず声をかけてしまう。すると、お多福笑顔のまま花井は首を横に振った。

「え？　どうしてですか？　コピーだって大切な仕事の一つですよ」

ある意味、最強で幸せだよな。

「会社にとってそうであろうと、康子の仕事じゃないわ。きっちり断りなさい」

僕と入れ替わるように花井に声をかけたのは木内笑美《きうちえみ》だ。花井や僕と同期で営業一課で、ばりばりと仕事をこなす会社期待の出世筆頭株である。

「でも、上司だし……コピー機に慣れた私がやった方が良《い》いかなと思って。コピーやお茶出しも総務の仕事だと思ってるから……頼まれたこと、断るの悪いし」

（まあ、それが花井の立ち位置というか、メインの仕事っぽいしな）

真面目で頑張り屋ではある。だが、それ以上の評価を聞いたことがない。

以前総務課以外の女子社員にもきつく当たられているのを見た。相手がたとえ後輩でも、花井は素直に頭を下げる。そしてすぐに笑顔に戻るが反省していないように見えることに気づいていないのだろうか。

「給料分、総務課長こそちゃんと働いてます？　とか私だったら言い返してやるけどね。自分に媚びる社員ばかり甘やかす、部下の実力を正確に見ぬけないダメ上司よ。……ま、康子が納得してるなら、私が口を出すことじゃないけど」

花井にそう言うと、木内はかつかつ、とヒールの音を立てて立ち去った。

（上司すらも恐れない、あの気の強さが羨ましい）

木内は何も恐れない。その能力を上司に認められているからそうできるのだ——周囲の顔色を窺うことで何とか会社内に生息できている僕とは大違いだ。

——羨ましいという意味では、花井の、誰を相手にしてもお多福笑顔で返せる鉄の心臓と逞しい精神力もそうだけど。

「康子、そうじゃない。営業一課の前年度総売上を出してほしいの。そう、VLOOKUP関数、四つの引数を理解すれば簡単でしょ」

また、今日も花井は木内に文句を言われている。

「えーと……これだっけ？」

「それピボットテーブル作るから、消さないで。……ああもう、違うわよ。マクロだって早く覚えてよ、基本中の基本だし」

(基本か？　そこそこ上級だと思うけど……あんなの、僕は専門部署に頼むぞ)

ずっと見ているわけではない。ただうちの会社は課を遮る壁がないのと、総務課の前に自販機があるので、飲み物を買う時に姿を見かけるのだが、花井はああやって木内に叱られている時が多い気がした。

「というか、康子の机の上の書類が全然減ってないんだけど。どうしてよ。これだから私の頼んだデータがいつまでも出来て来ないんじゃない」

「ごめんね、頑張ってるんだけど中々仕事が終わらなくて……。会社で働く一員として、テキパキと片づけることは必須なのに」

いつも通りにきつい口調で注意する木内に、花井はいつも通りの笑顔を向ける。確かに、他の総務課の女子社員と比べて机上の書類の量の差は歴然だ。木内が怒るのも無理はない。

(テキパキと……ねえ)

僕はそっと溜息をつく。花井は、やはりお多福笑顔だった。

(ほんっと、あの神経だけは心から尊敬するよ——本当に、羨ましい)

「おい、田中。いつまで休憩してる。再提出を指示した書類はやり直したのか? できたならすぐに持って来いよ」

「あ、はい。すみません……! 早急に!」

外回りから帰ってきた営業三課の課長——つまり僕の上司から注意された。

その書類は本当は僕がミスしたわけではない。

何も言わずに修正しているのだ。僕が残業や休日出勤をしてまで必死に纏めた書類を、先輩が点数稼ぎで全部奪って我が物顔で主任に提出した。

しかも先輩が付け足したところが致命的に間違いだらけだったらしい。上司が激怒したら、僕に責任転嫁してきた。

言い訳と世渡りだけが異常に上手い先輩の不評を買えば、会社内での僕の居場所がなくなるのが怖くて、僕は黙っている。

（上司に厳しく当たられても、地道に仕事をこなしていくしかない）

先輩に良いところは全部持って行かれても、我慢し続けて。

（……分相応か。自分に適正な居場所がそれなら仕方ないんだよ）

僕は、木内の注意を黙って受け止める花井の声を背中で聞きながら、足早に自分のデスクへ戻った。

――ああ、本当に何があっても動じず笑い続ける花井が羨ましい。

「今日は取引先を三社回るから遅くなるが、直帰しないで会社に戻る。それまでに、田中は渡しておいたデータを纏めておけよ」

鬼の主任が通りがかりに僕に言った。いつもだが、僕にはやたら厳しい。よほど信用されていないのだろう。

「主任に嫌われて大変だ、厳しいねえ。まあ田中ってさあ、大きなミスしたばかりだしなあ、仕方ねえよなあ」

（ミスしてない。先輩がやらかして、僕に罪をなすりつけただけだ）

無実だが、文句はぐっとのど元で耐える。主任は会社内でもトップクラスに優秀で出世筆頭株だし、そんな主任に甘やかされている先輩とは表面上だけでも愛想良く……と、何度思ったか。本音は隠して笑顔をただ返すのみだ。

「んじゃま、主任が戻るまでに仕事終わらせておけよ。俺は定時で帰るけど。あーあ、羨ましいなあ、残業手当の御陰で高給取りじゃん田中君」

笑う先輩は、僕のデスクの前から上機嫌に立ち去る。

定時三十分前の会社内は閑散としている。営業部の大半が出払っているのと、各所の主任や部長が会議をしているようだ。上がいないせいか残った社員の多くはリラックスした雰囲気である。

今日も残業か……溜息をつき、コーヒーを買いに自販機へ向かう。

（花井は今日もデスクにかじりついて、頑張ってるな……）

総務課は花井以外に誰もいない。それでも、いつもと変わらず仕事に集中しているようだ。不慣れにも書類と格闘する姿を見ると、何故か僕はホッとする。

「それ、田中君に悪いですよー。先輩みたいに空気を読む才能ないんですからー」

女子社員の、笑い声がふと耳に入る。視線を向けるが、姿は見えない——おそらく、自販機の裏側の給湯室辺りで喋っているのだろう。

続いたのは、先輩の笑い声だった。

「だよなあ。田中って真面目しか取り柄ねーし。俺みたいな要領の良さがねーから、これからも利用してやる以外に会社での存在価値ねーんだよな」

（え……）

息が詰まる。予想していなかった会話の内容が、いきなり胸に突き刺さった。

「顔色窺うように、いつも周囲に意見合わせてさ、苛つくんだよ田中は。自分持ってねーのかよって思う。仕事だけはできるから、まだマシだけど」

「先輩が世渡り上手すぎるんですよぉ。田中君だって少しはマシですよぉ、仕事は的確で速いけど、遊びの会話もしないし真面目すぎて疲れますけどー」

「……っ」

聞いていられない。思わず踵《きびす》を返す――だが、すぐに足が止まってしまった。

「……花井」

「お疲れ様です、お茶淹れようと思って、給湯室行こうかなって……」

いつからいたのか判らないが、僕の悪口は聞こえているだろう。だって、今も嘲笑とともに続いているのだから。

「……給湯室に行くのは、後にした方が良いと思うよ」

僕がぼそぼそと言うと、花井がいつものお多福顔を向けてきた。

「え？　そうなんですか？　何かまずいことでもあります？」

「……っ！　僕にとってまずいことだらけだろ……っ」

思わず、吐き捨てるように呟いていた。

花井はバカなのか？　何で判らないんだ？　もしかして、人の悪意すべてが理解できないのか？　普通、こういうときは僕に気を遣うものだろう!?

「僕はこんなに真面目にやって……頑張って、同課の上司や先輩、同僚や後輩にも迷惑かけないように努力してるのに……、バカにされて……っ」

一度堰《せき》を切ったら止まらない。花井は、少し驚いたように僕を見ている。

給湯室に聞こえないように、小声で訴えるくらいの冷静さは残っていた。

「ただ一生懸命、会社のために頑張って、仲間のために、仕事を円滑にこなす努力を精一杯してるだけなのに。みんなのために、遊ばずに真面目に……っ、なのに、遊んでる連中にバカにされて少しも認められない……っ」

ダメだ、止まらない。つらいから――サボって上手に世渡りする先輩の方が楽しそうで、仲間に認められている理不尽さが、悔しく――悲しいから。

「……っ、何で、悪口言われたりバカにされたりするんだよ……っ、努力を」

「でも私はバカになんかしてませんよ。尊敬しかしてないです」

「……え？」

驚いたような花井の言葉に、僕の方が驚いた。思わず、顔を凝視してしまう。

「チームに貢献してるのにさらに努力する、そんな田中さんはすごいです」

お多福顔に花が咲いた――ように見えた。反応が予想外すぎて、言葉が出なかった。ただ、と花井が少しだけ眉を寄せた。

「会社のためだけに頑張ってはダメです。承認欲求だけでは、心が壊れます」

どういうことだ？　そう尋ねようとした時、給湯室からの女子社員の嘲笑がまた耳に飛び込んできた。

「あと花井さん、鈍くさくって苦手……まあ、仕事はしてくれるけどね」

思わず目前の花井を見る。ショックを受けたかと思ったのだが、驚くほど、普段と変わらない笑顔のままだった。女子社員の声はさらに続く。

「まぁ弱音吐かないし残業もやってくれるから、面倒な書類は全部回しちゃえるし、利用価値高いからいいけど？　便利だからいて困らないわ」

「いっつも私たちの倍は仕事してくれるから楽よねえ。量が無駄に多くてややこしい仕事は、花井さんに全部渡しちゃってるし」

「私らの方が仕事できてるっぽく見えて課長も騙されてるしね。単純に、仕事のレベルが段違いなだけなのに」

どっと笑う女子社員たちの声に、僕は驚いた。そんなの知らないぞ。というか、総務課長だけでなく多くの社員は騙されているのではないだろうか？

「……あんなこと言われて、平気なのか？」

「お陰でスキルが上がって、有り難いです。知らないことをたくさん学べて」

ニコニコ笑顔でそんなことを言う花井の言葉に嫌みはない。

「そう思いませんか？」

――前向きな思考だ。僕には到底思いつかなかったことだったので、頷けなかったが、目が覚めたような感覚を覚える。

「そうよ。仕事できる人には相応の仕事を振り分けるのが企業の基本だもの」

背後から声がかかり、驚いた——振り返ると、木内が立っている。分厚い書類を抱えていて、相変わらず忙しそうだ。会議後に通りかかったのだろうか。

「康子にしろ、田中くんにしろ、会社の評価は高いわよ」

何かグダグダ愚痴ってたけど、と溜息を吐く木内はいつから聞いていたのか。

「期待してない部下に厳しい教育はしないわよ、特に田中くんところの課長は」

給湯室からの嘲笑に、柳眉《りゅうび》を顰《ひそ》めてさらに木内が言う。

「見込みがあって、真面目で、努力家。田中くんのどこに、上司が期待しない要素があるの？　厳しくして仕事頼むのって、信用してるからじゃない」

「信用……？　課長が？」

「課長だけじゃないわ。康子もそう。超多忙を極める私が、できない社員に大事な仕事を頼むわけない。山ほど仕事を頼んで、つきっきりで教えてるのは、期待しているからよ」

「笑美は、私ができると思っているから大事な仕事を頼んでくれるの」

花井が木内と顔を見合わせて笑う。そこには、お互いへの信頼が窺えた。

「私は康子の努力を知っている。だからこそ、ついつい厳しくしてハードル上げちゃうのよねえ……田中くんの上司、営業三課長もそうよね」

――課長がそんな風に認めてくれていたのか？

今までの厳しさを思い出す――つらさが消えて、嬉しさがじんわりこみ上げた。

「田中くん、人は同じレベルの人とつるむべきなのよ」

木内が給湯室を指さした。

「あそこに入りたい？　彼らに認められたい？　同じレベルに落ちたいの？」

尋ねられて言葉に詰まる。木内の言う『落ちる』という言葉は冷たかった。

「ちゃんと自覚しなさいね、自分の価値は」

――自分の価値。

そんなの毎日、考えていた。終わりの見えない暗いトンネルの中を手探りで歩きながら――不安を払拭するように、ただただ努力だけをして。けれど。

「……自分の評価は、自分が決めるべきものじゃない」

花井がいつも笑顔だったのは、木内が『正当に』評価してくれていたからだ。

何も判っていないその他大勢の声なんか、聞いていなかったから。

誰にでも信頼される必要はない。未来に必要な人だけを信じれば良い。

(そうすれば――必然的に、自分の居場所が判る)

判っていなかった、大切なこと。自分を認めてくれる人が、誰であるかなんて。

少し顔を上げていれば、トンネルの出口はもうすぐそこだと気づけたのだ。

(もったいないことをしていた)

心に笑顔を絶やさずに、上を向いた時に見える人に感謝を忘れずに。

――自信を持って、会社に必要な存在だと自分を信じる。

花井と木内が最強タッグのように輝いて見えて、僕もその仲間になりたい、と本気で思った。

ある日、暗闇がおとずれ

溝口智子

がくんと揺れた。

「え？」

突然、暗闇に包まれた。なにが起きたのかわからず、上下左右を見るが、どこを見ても真っ暗だ。自分の手も見えない。

「停電かな」

暗闇の中から岩原《いわはら》課長の声がする。すぐ隣にいるはずなのに、ずいぶん遠くから聞こえてくるようだ。自然と、台車の持ち手を握る力が強くなった。

「地震ではなさそうな揺れだったよな、神崎《かんざき》」

呼ばれて、無意識に肩に力が入る。一階の倉庫まで課長と一緒に荷物を運ばなければならないと決まってから緊張し通しなのだ。そんな時に暗闇で聞く岩原課長の厳《いか》めしい声は、いつも以上に恐ろしく感じた。

「そ、そうですね。地震じゃないんじゃ」

「エレベーターが止まった振動だったんだな。非常用のボタンはわかるか」

聞かれて、階数ボタンが並んだパネルを手探りする。いつも見慣れたエレベーターのボタンなのに、この暗闇ではどこになにがあるやら、見当がつかない。それでもなんとかパネル上部に、それらしいボタンを見つけて押した。

「はい、警備室。どうされました」

スピーカーから声が聞こえた。外部と通じたが、なにをどう言っていいのか戸惑った。俺がもたもたしていると岩原課長が状況を説明する。

「エレベーターが止まって閉じ込められています。経理課の岩原と神崎の二名です。非常灯も点《つ》かない状態で真っ暗です」

「わかりました。すぐにエレベーターの管理会社に連絡します。落ち着いて待っていてください」

「はい。お願いします」

声が途切れた。なにも聞こえない。真っ暗な中で、一人きりになってしまったかのような不安を感じる。

「あ、あの。あの……」

上ずった声で呼びかけると、課長が「どうした」と答えた。思わず声のする方に足を踏み出そうとして台車にぶつかり、積んでいた段ボール箱が崩れた。

「落ち着け、神崎。すぐに助けてもらえる」

「は、はい」

返事はしたが、落ち着けるわけがない。暗いところが苦手なのに、それ以上に苦手な岩原課長と狭い空間に閉じ込められたなんて。

「暗いところが苦手か？」

言い当てられて、びくっと身がすくんだ。いつもみたいに厳しい口調でなにか言われるんだろうか。返事もできずにいると、課長が深いため息をついた。

「俺も苦手なんだよなあ。子どもの頃から、夜は真っ暗にすると眠れない」

意外な言葉に、肩の力が少し抜けた。

「課長でも、苦手なものがあるんですね」

「そりゃあ、あるさ。ここだけの話、猫も苦手なんだ」

「猫ですか？」

「目が怖いだろ。化け猫騒動なんかの怪談にもなってるしな。神崎は平気か？」

「俺は大好きです」

「そうか。いいな」

なんだろう、いつもと違って課長の声が優しい気がする。話している内容が仕事のことでないと、こんなに違うものだろうか。会話ができるおかげで不安が消えていく。

「神崎はペットを飼ったことがあるか」

「はい、子どもの頃、子猫を拾って」

「親御さんに叱られなかったか」

「両親とも猫好きなので。拾ったのは俺なのに猫は両親の方になついて、俺とは遊んでくれませんでしたね」

課長が小さく笑った。この人も笑うんだ、驚いて口がぽかんと開いた。

「きっと、神崎のご両親が優しいんだろうな」

口を開けた間抜けな表情を見られたら、きっとまた小言を繰り出される。暗闇で見えるはずはないのに、慌てて口を閉じ、話を続けた。

「猫には優しいですね、俺には恐ろしいですけど」

「親なんて、それくらいでちょうどいいよ」

「そんなもんですか」

「ああ。怖くないと舐められるからな、俺みたいに」

こんなに怖い人をどうやったら舐められるというのか、想像がつかない。

「課長はお子さんがいらっしゃるんですね」

「娘が一人な。今度、大学卒業だから、二十二歳か。神崎は二十三だったか。一つ違いとは思えんな」

「すみません、俺、しっかりしてなくて」

「いや、逆だよ。うちの娘が頼りなくてね。あんな様子で就職して、ちゃんとやっていけるのかと心配しているんだ」

「課長でも、家に帰ると普通にお父さんなんですね」

驚きすぎてぽろっと本音が出た。

「普通に、っていうのはどういう意味だ？」

しまったと思ったが、フォローする言葉が出てこず「その……」と言って固まってしまう。課長はそんな俺を笑った。

「神崎は、からかいがいがあるな。そんなところは娘と似てる」

怒ってない。心の底から、ほっとした。

「娘さんを、からかったりしてるんですか」

「まあ、最近はそういう機会も減ったな。恋人ができてから忙しいようで、あまり家に居つかないんだ」

「彼氏ができたとか話すんですか。仲がいいんですね」

「そうかな。神崎はご両親とそんな話はしないのか」

「全然です。娘さんが話したくなるのは、課長がいいお父さんだからですよ」

「神崎に褒められるのは、なんだか不思議な感じだな」

「俺も不思議な感じです。課長のプライベートのことを聞くなんて」

「いつも怒ってばかりのパワハラ上司が家庭円満なのが不思議か？」

考えていたことをずばりと指摘されて、とっさに言葉が出てこない。課長がまた笑った。

「正直なやつだなあ」

「すみません」

「神崎がこんなに素直だとは知らなかったな」

「俺も、課長が普段は優しいお父さんだなんて思いませんでした。課内のみんなも知らないですよ、課長は全然世間話をしないし。もったいないです」

課長の声が聞こえなくなった。俺はなにか気に障るようなことを言ったのだろうか。不安になっていると、小声の呟きが聞こえた。

「俺は、人づきあいが怖いんだよ」

深いため息をついて、課長が昔の話を始めた。闇の中に暗い声が響く。

「もう、二十年以上前のことだ。俺がまだ新人だったころに、この会社で事件が起きたんだ。新規開発商品の情報が流出した」

「それって、産業スパイとか……」

「俺の直属の上司が情報を売ったんじゃないかっていう、根も葉もない噂が流れた」

根も葉もないと言う課長の声は、どこか悲しげに聞こえた。

「課長は、その上司の方の無実を信じてたんですね」

「信じてたんじゃない、知ってたんだ。そのくだらない噂の元凶は、俺だったんだから」

課長がこんな話をする意図がわからず、俺は黙り込んだ。

「情報を買った会社に、上司の友人がいたんだ。プライベートでも仲がいいという話はみんなが知っていた。その上司が苦手で避けていた俺でさえ知ってた。だから俺が作った悪い噂は真実味を帯びて、あっという間に広がった」

なにかから逃げ出そうとするかのように、口調が速くなっていく。

「『あの人が産業スパイじゃないか』と同僚に言ったとき、俺には確かに悪意があった。それは、ほんの小さなものだった。だが、噂が広がっていくと同時に小さかった悪意も、みんなが持っているほんの少しの悪意を吸い込んで大きくなっていったんだ。俺の言葉に枝葉がついて育っていった。俺は怖くなって、噂が嘘だと言い出すことができなかった」

苦しいのか悲しいのか、声が震えている。

「俺は自分が、人を陥れたときでも平気で保身に走る醜い人間なんだということを直視させられてしまった。それを誰にも知られたくない。だから、誰とも話さないようにしてきたんだ。そうすれば、嘘をつくことも二度となくなるからな」

「課長は醜くないです」

思わず声に出してしまった。安易な慰めじゃ、どうにもならないと思うのに、言葉にせずにはいられないほど、課長の声は弱々しかった。

「長い間、自分を責めて会社の人間と距離を取り続けていたのは、自分に罰を与えてたんじゃないですか」

「人と話さないことが罰になんかならない」

「なりますよ。だって、本当の課長はすごく優しいのに、みんなからは鬼だとか冷たいだとか、散々に言われてるんですよ。全部、誤解だし、それこそ悪意のこもった噂だって聞いたことあります」

自嘲気味な低い笑い声が聞こえた。

「黙っていたって、人の悪意を引き出すことになるんだな、俺は。どうしようもない人間だ」

「どうしようもないのは、みんな同じです。小さな傷を見つけては噂しあって。俺もそうですけど……」

口ごもってしまったら、しんとしたエレベーター内の暗さが心の中に忍び込んできそうだと思えた。黙っているのが怖い。その気持ちを察したかのように課長が口を開いた。

「無邪気な陰口なら、まだましだ。俺は言葉を凶器にして人を攻撃したんだ。ただほんの少し、その人のことが苦手だったというだけで陥れようとした。それは変えようのない事実なんだよ。どうしたって取り返しはつかない」

「じゃあ、なんで自分と話をしてくれたんですか。ずっと秘密にしてきたことを、なんで自分なんかに教えてくれたんですか」

しばらくの沈黙があった。課長の答えを聞かないと落ち着かないという、どこか焦りに似た気持ちが湧く。待ちすぎて居心地が悪くなったころ、やっと課長の声が聞こえてきた。

「その上司も神崎という名前だったんだ。君に話すことで、罪滅ぼしがしたかったのかもしれない」

課長はほんの少し意地の悪い噂話をしただけだ。それをこれほどまで後悔して、自分を律している。もう、十分なんじゃないだろうか。

「俺、正直なところを言うと、課長が苦手でした」

返事はない。暗闇の中で、課長がどんな表情なのかもわからない。以前の俺なら、この沈黙が気づまりでしかたなかっただろう。

「でも今は、こうやって話せるようになって良かったと思っています。課長のプライベートも、弱いところや後悔があることも知ることができたから」

「悪かったな」

課長が申し訳なさそうに言う。

「妙な気を使わせてしまって。慰めてくれる必要はないんだ。やはり、話すべきじゃなかった」

課長は続けて言う。

「上司が退職するまで、とうとう直接謝る勇気が出なかった俺は、軟弱ものなんだ。みんなを叱る資格なんて本当はない。これからも今まで通り、誰とも話さずに仕事だけをしていくつもりだ」

「そうですね。今まで通りにしてもらえると、俺も気が楽です」

しばらくの間があった。苦笑混じりの課長の声が、真っ暗な空間に響く。

「やはり、そうだよな」

俺は躊躇《ちゅうちょ》することなく、本心を包み隠さず口にした。

「資格がないなんて言わずに、今まで通り叱ってください。厳しいし、笑わないけど、課長がみんなのことをちゃんと見てくれていることは、新入社員の俺にだってわかります」

闇に話しかけているみたいに、手ごたえがない。そこに課長はもういないのではないだろうかと思うほどだ。だが話さなければ、気持ちが伝わる可能性はゼロなのだ。俺は一人で話し続ける。

「後悔があったからこそ、厳しいけどみんなを公正に見てくれる今の課長がいるんじゃないですか。俺は課長が怖いと思ってましたけど、嫌いだと思ったことは一度もありません。もし、課長に関する悪い噂が流れたとしても、俺は信じません」

暗闇に音が吸収されているのだろうか。俺の言葉は課長のもとに届かずに、消えてなくなってしまったのだろうか。じっと闇に目をこらしていると、課長の声がやっと聞こえた。

「神崎」

課長の声は、かすかに震えていた。

「聞いてくれて、ありがとう。長年の胸のつかえが取れたよ」

パッと明かりがついた。眩しさに目がくらむ。思わず目を瞑《つぶ》ると、頭上でモーター音が鳴りだした。エレベーターが動きだす。

「だが、叱れと言うなら、ここで言っておくが。最近の遅刻の多さはどういうことだ」

しまった、こんなところで小言を食らうなんて。

「あの、交通機関の乱れなどでですね、バスが……」

「いつも遅れるなら、それを見越して一本早いバスに乗る。それが社会人として当たり前のルールじゃないか？」

エレベーターが一階に着いた。俺がぶつかって落とした段ボール箱を課長が拾い上げ台車に載せた。扉が開いて、課長は先に立ってエレベーターを降りる。

課長の背中はいつもより頼もしく見えた。その背中に遅れないように、俺も顔を上げて歩き出した。

俺は安藤課長を怒らせたい！

南潔

「きみは営業に向いていると思うよ。イケメンだし」

この四月、開発から営業に異動になった俺に、上司はのほほんと言った。


俺が定時より早く出勤するのは、ある人物に一杯のコーヒーを淹《い》れるためだ。

「おはようございます、安藤《あんどう》課長」

俺が挨拶すると、まだ誰も出勤していないオフィスでひとり仕事をしていた上司が顔を上げた。

「あ……小嶋《こじま》くん。おはよう」

細い目、下膨れの頬、そして小柄な体型から、課長の安藤は営業部の皆に『地蔵』と呼ばれていた。俺は持っていたマグカップを、安藤に差し出す。

「どうぞ。今日のコーヒーも俺のお薦めの豆なんです。ブラックがうまいんで」

俺はそう言って席につき、自分のコーヒーを飲む。ミルクと砂糖をたっぷり入れる人間には耐えられないだろう苦みと酸味。安藤を見ると、マグカップからちびちびとコーヒーを啜《すす》っていた。その顔には「まずい」と書いてある。

「いつもありがとう、小嶋くん。とっても苦くてコクがあるね」

今日も今日とて絶対にまずいとは言わない安藤に、俺は苛立ちを募らせた。


「小嶋くん、おつかれ。あ、また安藤課長にコーヒー淹れてあげたの？」

俺がマグカップを洗っていると、給湯室に入ってきた遠野《とおの》に声をかけられた。

俺より二つ年上の可愛らしい顔立ちをした女性の先輩だ。

「はい。なんでわかったんすか？」

「だってそのマグカップ、安藤課長のだもん。いいなあ」

遠野もコーヒーが好きなのか。これは仲良くなるチャンスかもしれない。

「俺、コーヒー淹れるの得意なんですよ。よかったら先輩にも淹れましょうか？」

「あ、違う違う。私も安藤課長にコーヒー淹れたいってこと」

照れたように言う遠野を、俺は怪訝な目で見る。

「なんで安藤課長に？」

「なんでって、安藤課長可愛いでしょ。ついつい尽くしたくなっちゃうんだよ」

俺は耳を疑った。安藤は独身だが、遠野とは親子ほど年が離れている。

「可愛いって……安藤課長、五十過ぎてますけど」

「年齢は関係ないよ。安藤課長は優しくて思いやりがある素敵な人だもん」

俺にはノーと言えない優柔不断なオッサンにしか見えない。部長の山岸《やまぎし》とは同期なのに課長どまりで出世も遅れている。営業部の花と呼ばれている遠野がそんな男に好意を寄せていることを知り、俺はショックを受けた。

「小嶋くんも部署変わったばっかりで戸惑うことも多いと思うけど、なにか困ったことあれば安藤課長に相談すればいいからね」

遠野はそう言うと、冷蔵庫からお茶のペットボトルをとって出て行った。

「……だれがあんなオッサンに相談するかよ」

樹脂成形の会社で念願の金型の設計を担当するようになって三年。ちょうど仕事が面白くなってきたときに上司と言い争いになり、勢いで公然の秘密だった彼の不倫について指摘したことが原因で、営業に回された。この異動は、俺にとっては言わば左遷だ。傷心の俺に安藤はにこやかに「営業に向いている」と言い放ち、これまで俺がやってきた仕事を否定したのだ。

人の良さそうな人間には必ず裏があるものだ。砂糖とミルクをたっぷり入れなければコーヒーが飲めない安藤にわざわざブラックコーヒーを淹れているのも、奴を怒らせるためだった。今日も手応えはなかったが、必ず化けの皮を剥いでやる――俺は心に誓い、マグカップを乱暴に水切り籠《かご》に入れた。

昼休みに食事から戻ると、オフィスで安藤がひとり電話番をしていた。

机の上には書類が山積みになっている。安藤は人の頼みを断らないから、上からも下からも面倒ごとを持ち込まれてしまう。そんなんだから課長どまりなんだよ、と俺は心の中で悪態をつきながら給湯室に向かった。

「安藤課長、コーヒーです」

マグカップを受け取った安藤が、不思議そうにぱちぱちと瞬きする。

「このマグカップ、私のじゃないけど……」

「課長のカップ、洗ってるときに割っちゃったんで新しく買ってきたんです」

休日を潰して探し求めたピンク色のマグカップは、可愛いキャラクターが描かれ、持ち手はハート形。買うのにもなかなか勇気が必要だった。

「可愛いカップだね。ありがたく使わせてもらうよ」

律義に礼を言う安藤に、俺は脱力感を覚えた。少しは嫌な顔をするのではとわくわくしていたのに、この地蔵、なかなか本性を見せない。

「……コーヒーの味はどうですか」

「えーと、苦いけどマグカップが可愛いからいつもより甘い……気がする」

そんなわけないだろ、と俺は心の中で突っ込んだ。仕事の疲れで味覚が変になったのかもしれない。俺は安藤にスティックシュガーとミルクを渡した。

「……今日のコーヒーは砂糖とミルクも合うんで、よかったら」

「そ、そうなんだ。じゃあ入れてみようかな」

遠慮がちに砂糖とミルクを入れる安藤は嬉しそうだった。わかりやすい。

「そういえば小嶋くん、部長と挨拶回りに行ったそうだけど大丈夫だった？」

昨日、部長の山岸に連れられ、担当するエリアの取引先を回った。挨拶は滞りなく済ませたが、山岸が生産管理の人間に確認することなく取引先の注文を受けていたことが気がかりだった。俺は現場の確認を取った方がいいのではと進言したのだが、部長は「大丈夫」の一点張り。俺の意見ははねつけられた。

「まあ、挨拶だけはなんとか。緊張してあまりうまく喋れなかったんですけど」

「すぐに慣れるよ。小嶋くんは気がきくし、かっこいいから営業に向いてるよ」

「……それって俺が開発には向いてなかったって言いたいんすか」

ぼそりと小声で言う。安藤の耳には届いていない。

「小嶋くんの担当エリアは、昔私が担当していたところなんだ。なにかわからないことがあれば聞いてね」

安藤にだけは絶対に頼らない——改めて心に決め、俺は「はい」と頷いた。

「小嶋くんて、ほんとに安藤課長のこと好きなんだねえ」

俺が製品資料のファイルを棚に片付けていると、遠野が声をかけてきた。

「なんの話っすか?」

「課長のピンクのマグカップ、小嶋くんがプレゼントしたんでしょ?」

俺は持っていたファイルを落としそうになった。

「……なんで知ってるんすか?」

「課長が小嶋くんからもらったって嬉しそうに話してくれた」

安藤を辱めるために買ったのに、嬉しそうに遠野に報告するなど、計算外だ。

「あのマグカップでコーヒー飲んでる安藤課長、めちゃくちゃ可愛くて癒されたわ。小嶋くん、敵ながらグッジョブだよ」

力強く親指を立てる遠野に、俺は「はっ？」と目を見開く。

「とはいえ、私も新参者に易々と課長を譲る気はないので、よろしくね！」

なぜ俺と遠野が敵同士になるのか。なにかとんでもない誤解をされている。

俺が言い訳しようとしたとき、「馬鹿やろう」という怒鳴り声が聞こえてきた。

見ると、部長が机の前に立っている安藤を叱責していた。「そんなんだから独身なんだ」だの「猫にかまけているせいで」だの、仕事には関係ない言葉まで聞こえてくる。安藤は反論することなく、いつもの地蔵顔で聞き流していた。

遠野が「またはじまったわ」とため息をつく。

「またって、どういうことっすか？」

「部長、気分屋だから。虫の居所が悪いときは、いつも安藤課長に当たるのよ」

しばらくして部長から解放された安藤に、俺は近づいた。

「安藤課長、ちょっと一緒に来てください」

俺はきょとんとしている安藤の腕を掴み、部屋の外に連れ出した。

「なんで反論しないんすか？」

誰もいないビルの非常階段で、俺は安藤に問いただした。安藤は俺を見上げ、不思議そうに首を傾げている。

「部長に言われてたでしょ。独身だとか、猫にかまけてるとか……そういう個人的なこと、仕事にはまったく関係ないじゃないですか」

前の上司と言い争いになったとき、俺は仕事には関係ない不倫の話を持ち出した。いくら上司が倫理に反していたとはいえ、あの場で言うべきではなかった。俺は自分が部長と同じことをやっていたのだと気づく。

「独身なのは事実だし、猫が病気で会社を休んだこともあるから、仕方ないよ」

「仕方なくないですよ！　部長は面倒ごと、ぜんぶ課長に押し付けてるじゃないですか！　それなのにあんな好き放題言われて、なんで怒らないんですか！」

まだ一緒に仕事をして間もない俺でも、安藤が損な役回りを引き受けていることはわかっていた。それなのに、安藤は怒らない。

「ごめんね、小嶋くん。気を悪くさせたね」

困ったような顔で謝る安藤を、俺は睨みつけた。

「――俺、安藤課長のそういうところ大っ嫌いです」


「納期に間に合わないそうです」

翌日、生産管理課の担当からかかってきた電話に出た俺は、「やっぱりな」と思いながら、部長の山岸に報告した。

「なんでだよ。この数なら土日も工場稼働させりゃなんとかなるだろ？」

注文書と俺の顔を交互に見ながら、山岸は納得いかないという顔をしていた。現場を知らない人間にありがちな反応だ。

「今月はこれ以上の生産は無理だそうです。開発の試作も入ってるらしくて」

「おまえ開発にいたんだろ。なんであのとき間に合わないって言わないんだよ」

俺の制止を振り切って無理な注文を取ったのはアンタだろうが。反論したいのをぐっと堪え「申し訳ありません」と謝る。山岸はチッと舌打ちして言う。

「アポ取って先方の社長に説明してこい。一週間遅れるって」

「え……俺がですか？」

「当然だろ、おまえの担当エリアなんだから」

俺は頷くしかなかった。ここでまたトラブルを起こせば、開発に戻る道が完全に閉ざされるかもしれないからだ。席に戻ろうとした俺に、部長が「あの社長、気難しいから気をつけろよ」と言った。俺は心の中で「クソ野郎」と毒づく。前の上司は不倫をしていたが仕事上の責任はとる男だった――この期に及んでそんなことを考えてしまう自分が嫌になる。どこにでもクソ野郎はいる。ただ、離れた芝生が青く見える、それだけのことなのだ。

生産管理にもう一度納期を確認し取引先に連絡すると、すぐに説明に来いと言われた。憂鬱な気分で社用車に乗り込むと同時に助手席のドアが開いた。

「私も一緒に行くよ」

そう言って車に乗り込んできた人物に、俺は目を見開いた。

「この度はご迷惑をおかけして申し訳ありませんでした」

取引先で、俺は社長に頭を下げていた——隣にいる安藤と一緒に。

「謝罪はもういいよ。で、納期はどうなるの？」

「約束させてもらった日よりも一週間遅れます」

社長は難しい顔をして黙り込んだ。俺は冷や汗をかきながら、返事を待つ。

「……わかったよ」

俺は弾《はじ》かれたように顔を上げた。

「今まで安藤さんに無理きいてもらった恩もあるし、今回はそれでいい」

「ありがとうございます、社長」

安藤が礼を言う。社長は「安藤さんのその顔、ほんと怒る気失《な》くすからずるいよね」と嫌そうに言い、俺に目をやった。

「新人さん、次からは気をつけてくれよ。まあ今回の注文を受けたのがアンタじゃないってのはわかってるんだが、どうにも腹の虫がおさまらなくてな」

「いえ、お怒りはごもっともだと思います。本当に申し訳ありません」

あの場で安請け合いした部長に、俺がきっちりと言うべきだったのだ。

「社長、小嶋は営業としては新人ですが、製品開発にも携わっていたんですよ。これからなにかあれば、小嶋に声をかけてやってください」

俺は驚いて安藤を見た。社長は「へえ」と興味深そうな顔をする。

「そいつは頼もしいな。これからよろしく頼むよ、小嶋さん」

俺は「こちらこそよろしくお願いします」と、もう一度、頭を下げた。


「――なんで俺と一緒に来てくれたんですか」

運転席に乗り込んだ俺は、助手席でシートベルトをつけている安藤に聞いた。

「なんでって、私、小嶋くんの上司だし」

その上司である部長は一緒に来なかった。自分のミスであるにも拘《かか》わらず。

「でも今回の件に課長は関係ないでしょ。部長が無理な注文とったせいで」

「山岸さん、本当にありえないよね。そもそも自分のミスなのに部下ひとりで説明にいかせるなんて。ムカついたから溜まってた仕事全部押しつけてきたよ」

安藤の口から出た「ムカついた」という言葉に俺は驚いた。

「こないだ部長にボロクソ言われてたときは、ムカつかなかったんですか？」

「反論すると面倒だから。怒るエネルギーがあるなら仕事に回したいんだ」

自分のことでは怒らない安藤が、俺のためには怒ってくれた。

「すみませんでした」

俺が頭を下げると、安藤は「なんの謝罪？」と首を傾げる。

「俺、安藤さんのこと嫌いだって……失礼なことたくさん言ったのに」

「え？　でも小嶋くん、本心で言ったわけじゃないでしょ？」

「いや、結構本心だったんですけど……俺ずっと安藤課長にイラついてたんで」

安藤は鳩が豆鉄砲をくったような顔をした。

「私のために毎日コーヒー淹れてくれてたのに？」

「そうっすね、安藤課長が苦手なブラックを」

「で、でも！　マグカップをプレゼントしてくれたよね？」

「五十過ぎた男が持つには痛すぎるマグカップですけど」

安藤は「ひどい！」と頬を膨らませる。それを見て、俺は首を傾げた。

「安藤課長、もしかして怒ってるんですか？」

「怒ってるよ！　新しく入ってきた頼もしい部下に慕われてると浮かれてたのに、私の心を弄ぶなんて！」

本当に怒っている。俺はとうとう安藤の化けの皮を剥いでやったのだ。思わず俺が噴き出すと、安藤は「笑うところじゃないよ」とますます怒った。

「俺、安藤課長のこと、結構好きかもしれません」

細い目をまるくする安藤に、俺は目尻に滲んだ涙を拭ったのだった。

アリの巣にて

鍬津ころ

「――間後《まじり》くんはもっとやり甲斐のある職場に移るべきじゃないかなぁ」

「はあ……？」

一央《かずお》は冷酷な作り笑いを浮かべた社長の顔を、呆然と眺めた。

自分のデスクに戻って椅子にへたり込んでいた一央のPCから、メール着信音が鳴る。社長からの社内一斉送信だ。くどくどした長文を要約した内容は、『間後一央は月末に転職するので、引き継ぎ事項は来週中に行ってください』。


親の代から続く封筒や名刺の印刷会社を、最新ニーズに合わせて成長させたい、という社長の発言に一央も興味と共感を抱いた。

ところが一央の主な仕事は、社長に連れ回される出先で彼の掲げる新規事業構想や過去自慢を聞くこと。要はお守り役だ。半年も経つ頃には、新規事業や新人募集はいつも社長の独断で行われるらしいと知ってしまう。社内の会話には、諦めきったムードが漂っていた。

――思いつきに飛びついてはすぐ飽きて放り出しちゃうんだよね。

誰かのそんな言葉に一央はゾッとして、社長が新規事業の一環として語っていたデジタル名刺のサンプルを作り、アピールすることにした。それがいけなかったのだ。と思う。

――企画を詰めてもいないのに、勝手な解釈を会社に押し付ける気か!?

他の社員にも聞かせるような恫喝《どうかつ》めいた大声を浴びた一央は、竦み上がってろくな返事もできなかった。

それから始まったのはあからさまな無視。社内の居心地は最悪で、出社するなり当てもない〝営業〟に出かける日が続いた。メンタルはどんどん磨《す》り減っていった。横暴な社長が恐ろしく、そんな会社で淡々と仕事を続ける他の社員も怖い。粘る霧の中でもがくような感覚で機械的に出社していた一央は、ある朝珍しく待ち構えていた社長に会議室に連れ込まれ、退職を促されたのだ。

『新規事業を支える営業職正社員を求めています』。二十五歳の第二新卒には魅力的な募集に履歴書を送ってから一年足らず、一央を天国から地獄へと振り回してきた社長の、それが最後通告だった。

以来出社する気力も無くなった一央は、労働相談センターやハローワーク、法テラスなどに片っ端から電話して社長の仕打ちを訴えた。無料で話を聞くからすぐにおいで、と言ってくれた弁護士もいたような気がする。

記憶は曖昧だった。このとき、一央の心身は壊れかけていたのだろう。体重は四キロ落ちた。焦燥感に駆られるだけで、具体的な行動を起こすことができない。とりあえず最寄りのハローワークへ行こう、と思いつくまで数日。だが外に出るのが恐ろしくて、実際に行くまでにさらに数日かかってしまった。それほど、思考力も判断力も落ちて無気力になっていたのだ。

でなければこんな怪しい会社に、誘われるまま入社するわけがなかった。

どことなく昭和ムードっぽい事務所が彼の今の職場だ。ドアのプレートには

【合同会社　ａｎｔｎｅｓｔ】というロゴ。ドアの前に置かれた大きな段ボール箱には、今日の一央の仕事が詰まっている。送り主は『アカギ運輸』という配送会社だが、この三ヶ月、担当業者の姿を見たことはない。

一央の仕事は、箱に入ったハガキや封書を種類ごとに分けていくことだ。それらは雑誌や企業の懸賞への応募。ろくに説明されていないが、本抽選のための分別だろうと推測していた。ひとりぼっちの単純作業なのだが、前職で他人に振り回されて疲れ切った一央には、妙に気の休まる日課になっていた。

午後五時にはＰＣを起動して、出勤簿を更新。これを毎月の〆日に上司へメールする。上司の佐藤《さとう》さんは、週に二、三日顔を出せば多い方。それも、ちょっとＰＣをいじっていたと思ったら、いつの間にか姿を消してしまう。社長の姿など見たこともない。この会社の本業は何なのか、いつもどこへ出かけているのか、何度尋ねても飄々《ひょうひょう》とはぐらかされた。

奇妙で謎めいた状況だが口座にはなんとか暮らせる金額が振り込まれていた。

その日も一央は封書とハガキの山を切り崩していた。

中身を抜いた封筒は元の段ボール箱に投げ入れ、最後にシュレッダーにかける。一山ごとにゴムで括《くく》った応募ハガキを箱に戻し、アカギ運輸宛の送り状を貼ってドアの前に出しておく、という流れはすっかり身についた。電動の封筒カッター購入を申請してからは、より効率的に作業できるようになったと思う。どんな単純な仕事にも、工夫の余地を見つけると小さな達成感があるものだ。

「仕事、ずいぶん慣れてきたみたいね。でもつまんなくない？」

珍しく出社している佐藤さんがのんびりした口調で言う。痩せ型の中背。三十代にも四十代にも見える、つかみどころのない男性だ。

「いえ、個人情報を扱ってますから、緊張感ありますよ。すごく珍しい苗字とか面白い地名を見かけると、ちょっとラッキー、て思ったり。あんまりジロジロ見ないようにはしてますけど」

「いいね、言われなくても守秘義務を守れる。そういうまともな感覚が欠けてる人も、たくさんいるんだから」

一央はハッとした。まともな感覚。そんなふうに自分を肯定されたのは初めてだ。彼の言葉で、いきなり視界がクリアになった気がした。

胡散臭い、という形容がぴったりの人物だが、三月末のハローワークの混雑に失神しかけた一央を助けてくれた恩人でもある。あの日佐藤さんは、壁に寄りかかって立つのが精一杯の一央を外に連れ出してくれた。それから、申し訳ないけれど書類の内容がチラッと見えてしまって、と前置きして
――僕の勤め先で人を探してるんだけど、今から見学しに来ませんか？

穏やかな口調でそう言ったのだ。どこか懐かしいような、妙に親しみを感じる声だった。一央は、迷子が大人に手を引かれるような気持ちで佐藤さんについて行った。その時点で正気じゃないと思い当たるべきだったのに、心が弱り

すぎていたのだろう。詳しいことも聞かず、来週から来るかと聞かれて頷いてしまった。凪いだような生活が妙に心地よくて、なんとなく居ついてしまった。

そのとき、佐藤さんのスマホが大きく震え、一央は現実に引き戻された。電話に出た佐藤さんは、ちょっと考え込む目つきになる。

「……それは同一県内で……苗字が違っても血縁関係が……」

漏れ聞こえる言葉は、微妙に不穏だ。

「……一般法には引っかからない……代入後に乱数が発生するから……」

血縁関係？　一般法？　不審感を隠せない一央の視線に気付いたのか、佐藤さんはスマホのスピーカーを隠しながら、廊下に出て行ってしまった。

一央の中に、ムラムラと疑念が湧いてくる。今の会話は何だろう。たとえば、ハガキの個人情報を業者に売る類《たぐい》の悪事に加担させられている可能性だってある。佐藤さんが言った『まともな感覚』は褒め言葉ではなく、何も知らず馬鹿正直に働いている一央をあざ笑っていたのかもしれない。

佐藤さんがそんな悪者だとは思いたくないけれど、自分が今、どこで何をさせられているのかは突き止めなければ。それには佐藤さんの動向を探る必要がある。一央はチャンスを見つけて佐藤さんの後をつけることにした。

春の夕暮れの中、姿勢の悪い佐藤さんをこっそり追いかける。一央の自宅と同じ方向の住宅街に向かっているようだ。三十分も歩いた頃、佐藤さんが入っていった建物は、『須田《すだ》弁護士事務所』。

なんとなく覚えのあるような名前だが、初めて来た場所である。一央はしばらく迷った後、意を決してインターフォンを鳴らした。

「鍵はかけてないから、中へどうぞ」

「なんなんですか、ここ？　佐藤さん、本当は須田さんっていうんですか？」

ガラス戸を引き開けながら疑問をまくしたてる一央の前で、佐藤さんは少しくたびれたような顔で上がり框《がまち》に腰掛けている。

「……僕ね、以前、自分の会社を潰しちゃって。怖い債権者に見つからないよう、名前を変えてできる仕事はなんでもやってたの。普通のアパートなんかは借りられないから、財産処理とか返済計画を手伝ってくれた弁護士の須田さんの事務所で、夜勤を兼ねて寝泊まりさせてもらってる。で、資金もなんとかなってきたから、須田さんに社長になってもらってあの会社を立ち上げたわけ」

息を切らせる一央から目を逸らして、佐藤さんの唐突な打ち明け話が続く。

「僕の肩書きね、一応だけど人事課長。須田先生に情報をもらったり、ハロワとかに人間観察に行って、力になりたいと思う人材をスカウトするお仕事です。まあ、君が最初の一人なんだけど」

「スカウトって、どうして俺を……？」

「間後くん、この事務所に電話してきたこと、覚えてる？」

佐藤さんに聞き返されて、一央は一瞬硬直した。それから、手当たり次第に電話していた日々を思い出す。そういえば合成音で番号を選ばせる相談窓口ではなく、人の声に触れて、優しい言葉をかけられたことがあった。

「……佐藤さんの声には聞き覚えあるような気がしてたんですが……」

一央の脳裏に、『須田弁護士事務所』への電話で訴えたことが甦った。

――俺、ちゃんと働きたかっただけなんです。仕事らしい仕事もさせてもらえないまま、放り捨てるみたいにクビにされて、それも俺の自己都合と言いくるめられて。俺が悪かったんでしょうか。どうしてこんな……。

続けて佐藤さんの答えも思い出す。

――申し訳ないけれど、どうして君がそんな目に遭ってしまったのか、僕には答えられない。ですが、これからどうしようか、一緒に考えることならできます。これからそうしようと思っていたんです。間後さんと言いましたね、君が最初の一人になってくれるなら……。

「俺、すぐにおいで、って言ってもらったのに……」

「無理もない。相当追い詰められている感じだったし。でも、住所と名前を聞いていたから、あのハロワでいつか会えるんじゃないかと思ってましたよ」

肩をすくめて、ストーカーみたいだったかな、とつぶやく佐藤さんに一央は首を振る。親身になってくれた誰かが確かにいた記憶が、ハローワークへ向かう行動につながったような気もする。

「でも、どうして、俺なんかに、そこまで？」

佐藤さんは眉尻と目尻を下げて恥ずかしそうに笑うと、

「全然、〝俺なんか〟じゃないって、君にわかって欲しかったからだよ。社長だなんて威張っていた頃の僕には、わからなかった。僕の気に入らない奴はただの怠け者なんだから、切り捨てて当然だと思っていたよ。でも、債権者に詰め寄られたり、名前を変えて人に馬鹿にされるような仕事もやるしかなくなって、見えるようになった。仕事をさ、できないんじゃなくて、させてもらえない人がいるんだよね」

一央に語りかける。どこか仙人や世捨て人みたいな印象だった彼の中にこんな感情が隠れていたなんて、想像したこともなかった。一央の声はちゃんと受け止めてくれる人に届いていたのだ。


世の中は、きれいごとだけでは回らない。それは苦い事実。ならば誠実さを食い物にするような環境と共存する強さと視点を身につけてもらおう。それがａｎｔｎｅｓｔ（アリの巣）の目標だった。業務内容は一種の内職斡旋所。その正体は、佐藤さんと須田弁護士が立ち上げたセーフティネットである。

一央の仕事は社長がクライアント筋から引っ張ってきた、本来なら専門の業者に委託される業務。奇妙なアリの巣で、目の前の仕事を自分なりの工夫で進めていく中で一央に自己肯定感を取り戻させてくれた。一央が疑った電話は、懸賞の抽選方法に関する問い合わせで、非合法なものではなかったそうだ。

「……社名をつけたのは僕なんだけど。アリの社会って、どんなに数を減らしても、一定数働かないアリがいるっていうでしょ。それって実は怠けてるんじゃなく、働かせてもらえないんじゃないか。巣から弾かれて身の置き所をなくしているのかもしれない。だからそういうアリに、別の巣も選べるよって言いたくて……でも間後くんはもう大丈夫。働けないアリでも、働かせてもらえないアリでもない」

佐藤さんの言う通り一央は心の奥底ではもう〝俺なんか〟と感じていない。

「間後くん、すごく手際良くなった。アカギさんが、箱の詰め方が均等になって持ちやすくなった、何をやるんでも自分で考えてやり甲斐を見つけられる人だって、褒めてたよ。雑だったりダラダラしたり、個人情報を悪用するような人には任せにくい仕事なんだ。君の誠実さや工夫はちゃんと伝わってるんだよ」

不意打ちの褒め言葉に、一央は泣きそうになる。あなたのおかげです、と言いたいのに、うまく声が出せない。ただ頷く一央の胸に満ちてくるのは、佐藤さんの力になりたい、という願いだった。彼が始めたセーフティネットに最初に救われた者として、一央も誰かの声を聞き、力になりたいと思う。

「実は、須田先生にそのうち社労士を入れたいって相談されていてね。間後くんさえよければ資格を取ってこっちの事務所に……」

「待ってください！」

のんびり口調に戻った佐藤さんを、一央はかすれ声で遮った。佐藤さんが一央を買ってくれているのは、夢みたいに嬉しい。彼が信頼する須田弁護士も、きっと尊敬できる立派な人物だろう。

だけど、今は。

「社労士、なんてなれるかどうかわからないけど……俺は佐藤さんに助けてもらったばかりで、ちゃんと話したのもついさっきで……これからじゃないですか。そんな、自分の役目はもう終わったみたいな言い方、しないでくださいよ」

まだ数ヶ月しか経っていない。佐藤さんの過去や目標も聞いたばかりだ。佐藤さんには、もっともっといろんな面があるのだろう。まだ顔も知らないアカギさんにもだ。人にも仕事にも無数と言っていい顔があるに違いない。

鼻をこすりながら言葉を絞り出す一央を、佐藤さんがびっくりしたように見返していた。

「佐藤さんともっといろんな話をしたいんです。これからも、俺みたいになっちゃった人を助けてくれるんですよね。だったら俺にも、何かさせてください。資格の勉強もしたいですけど、ここに、佐藤さんが作ってくれたアリの巣に、ちゃんと恩返しをさせてください！」

ぼやける視界の中。佐藤さんは一央の肩に手を置くと俯いてしまう。その表情はわからないが、一央の想いが彼にしっかり届いたという確信があった。

「……じゃあ、今更だけど。これからもよろしく頼むよ、最初のアリくん」

佐藤さんが、そう答えてくれたからだ。

企画室より愛を込めて

石田空

「温海《あつみ》さん、出してもらった企画書だけれど」

「は、はい……！」

私の出した企画書を見ているのは、チームリーダーの湊《みなと》さんだ。

彼女はとにかく仕事のできる人で、他のメーカーに圧《お》され気味のうちの開発商品を、スマッシュヒットまで持っていくプロだ。だから、企画書を見る目はかなり厳しい。

「斬新なことは認める。誰も考えたこともない商品だから」

「あ、ありがとうございます」

「でも。これいったい誰が使うの？」

湊さんの言葉に、私は背筋が丸まりそうになるのを堪えて、腰に力を入れる。

彼女の淡々とした講評は続く。

「新しいってことで、たしかに面白いと感じてくれるお客様もいると思うけれど、それだけ。実際に使ってみて勝手が悪かったら、リピーターは増えない。あなたは人目を引くことはできても、それを摑んで離さないということはできていない。この企画は残念だけれど没。また次のを考えてちょうだいね」

言っていることは、もっともだった。私は没と書き込まれた企画書を返されて、がっくりとうな垂れた。

「ありがとうございます……」

その言葉だけが、かろうじて漏れた。


私は通販会社の商品開発課に所属している。

元々独自ブランドが売りの会社だったから、商品開発もチームごとに特色が強い。うちのチームは基本的に文房具を取り扱っていて、既に定番商品が多いこのジャンルの中で、いかに新しいものをつくるかで、いつも悩んでいる。

「はあ……」

休憩室で、私はコーヒーを飲みながら溜息をついていた。

「最近、溜息が多いね」

そう話しかけてくれたのは、同期の野乃子《ののこ》だった。

彼女はコールセンターに配属されて、日々お客様の声に耳を傾け続けている。毎日与えられた仕事をしっかりこなしている彼女が、私にとっては眩しい。

「うん、鬼上司がなかなか企画通してくれなくって」

「でも、貴絵《きえ》はチームで一番企画の採用率高いって聞いたけど」

「結果はねえ。でも使い勝手は全然だから、企画出すたびにチームメンバーに修正されて、なんとか開発まで漕ぎ着けてる。いつまでも先輩たちにおんぶに抱っこじゃ駄目だってわかってるんだけどなあ……」

企画の採用率は高い。そりゃそうだ。大量に出せば、どれかひとつは採用されるもの。でも企画を一発で採用されたことは、今まで一度もない。

コンセプトは斬新。パッケージもいい。でも、使い勝手が悪い、このままだとリピーターが付かない、本当にこれを買う人の気持ちになって考えているのか。

今まで何度も何度も湊さんに言われ、そのたびに私も実際の文具店に出かけて、お客様の観察をしているけれど。だんだんだんだん、企画を通すことだけ考えて、自分のやりたかったことからはずれていっているような気がする。

「私、うちの会社の商品、ものすっごく好きだったから、入社決めたんだよねえ」

コーヒーをすすってからそう言うと、野乃子は黙って続きを聞いてくれる。

「だから商品開発課に来られて、嬉しかった。でも……最近、これでいいのか、私のやってることは合ってるのかって、ずっと思ってる。上司に企画を通すことばっかり考えてて、本当に商品や使う人のことを考えてるのかって、企画書を出すタイミングで気付くの。企画書を一生懸命に書いているときは、それを通すこと以外考えてないのに」

「でも、通ったんでしょう?」

「うーん、そうなんだけど、そうじゃないというか」

何度説明しても、商品開発に携わっていない野乃子に上手く伝えることはできなかった。そろそろ昼休みが終わる頃で、野乃子は立ち上がった。

「でも、私は貴絵はすごいと思うよ？　だって、ちゃんとお客様に商品を届けているから」

「コールセンターの野乃子にはわかんないでしょ、そんなの」

思わずピシャリと言ってしまい、内心私は「しまった」と思う。

元々私と同じ商品開発課を希望していたのに、それは叶わなかったんだ。野乃子は少しだけ寂しそうな顔をして「そうだね」と言うと、コーヒーカップを持つ。

「そろそろ休憩終わりだし、先に行くね」

野乃子が休憩室を出ていくのを、私は止めることができなかった。

……お客様だけでなく、友達の気持ちも考えられないのか、私は。ただ自己嫌悪に陥った。

通販会社は基本的に、半年後を想定して企画を組んでいる。今はクリスマス商戦に向けて企画を進めているけれど、なかなか通らないでいる。十書いた企画書も、普段はひとつかふたつは通るけれど、今回は全滅でひとつも通っていない状態が続いている。

「うーん……」

チーム内で通過したクリスマス商戦の企画を進めつつも、私は自分の新企画を書けずじまいだった。

自分のことしか考えていない。お客様のことだって見ていない。友達にだって自分の無神経さを謝れていない。駄目だ。マイナススパイラルに入ってる……。私が席でぐったりとしていたら、湊さんが近付いて来た。

「温海さん、あなた最近全然駄目ね」

そうはっきり言われて、私は声を詰まらせる。そんなこと、自分でもわかっているのに、いちいち追い打ちをかけてこなくってもいいでしょ。私は口先で

「申し訳ありません……」とだけ言うと、湊さんが溜息をついた。

「温海さん。あなた最近、本当に人の言葉に耳を傾けてないでしょ。全部自分の中で考えて、自分で勝手に出した結果を見て結論を下してる。『どうせ私なんて』みたいにね」

そう言われて、私は今まで、さんざん湊さんに言われてきたことを思い返す。企画書を通すことばかりに躍起になって、お客様を見ていないと。それが原因で、野乃子にまで八つ当たりしてしまっている。

自分ではお客様の気持ちになって考えているつもりだったけれど、お客様の気持ちを勝手に断定していなかったか。そこまで考えて、ふと胸のつっかえが取れたような気がした。

「頑張りなさい」

それだけ言って、湊さんは次の企画書の意見を言いに他のメンバーの席に向かっていった。私はデスクの上のファイルを開くと、今まで通った自分の企画書を見た。

　これが欲しいな、これがあったら便利だな。最初はたしかに、それがあったはずなのに、だんだん奇をてらい過ぎて、目的がどんどんずれていったんだ。

　ああ、私。本当に馬鹿だ。野乃子だってちゃんとそのことを認めてくれていたはずなのに。私は今まで自分が通した企画を元に、更に改良を進めたものの企画書を、カタカタとパソコンで打ち込みはじめた。


　私が休憩室に入ってコーヒーを飲んでいたら「あ」と声をかけられた。

　野乃子が手を振って近付いてくる。あまりにいつもの調子なので、この間のことが嘘のように思えるけど。単純に野乃子のほうが、大人なだけだ。

「どう？　企画のほうは。もう商品開発課は、クリスマス商戦にかかりっきりだったよね？」

　野乃子はいつも通りに、コーヒーをカップに注ぎながら話を振ってくれる。

「うん……全滅。上司にも注意されたところ。自分で勝手に結論出して、人の気持ちを断定するなって」

「はは、相変わらず厳しい人だね」

「今はあの人の厳しさが、むしろ私にはありがたいんだけどねえ……自分でも本当にそうだって、思い知ったところだから」

「そう？　私、貴絵が企画した商品のこと、電話の問い合わせで、よく聞くけど」

そう何気ないことのように言われて、私は目を剝く。

「……今まで、そんな話聞いたことなかったけど？」

「えぇー、いつも言ってるじゃない。貴絵は企画が通ってバリバリ商品開発しててすごいって。私、いつもコールセンターで聞いてるもの。通販の顧客に、ときどき試作品をサービスで付けるじゃない。貴絵の考えた試作品は、電話してきた人から、これの商品化はまだかって、よく聞かれるよ？」

……たしかに、企画が通らないことを愚痴っているとき、野乃子はよく「そんなことない」「すごい」って言っていた。でも「自分なんか」とネガティブになっていた私は、それを全部野乃子が慰めてくれているんだって思っていた。まさか、言葉そのまんまの意味で言っているなんて、思わなかった。

私は休憩室に持ってきていた鞄からメモとペンを取り出して、野乃子に迫る。

「ねえ、お客様たち、他になにか言ってた？　私の開発したものについて」

「ええ？　試作品がいつ商品化されるかってこと？」

「もっとこうだといいとか、もっとこういうの欲しいとか……！」

「ええ……そんな商品開発に関わるようなことは言ってなかったと思うけど」

野乃子は私の言葉に困りながらも、お客様たちとの電話でのやり取りで思い出したことを教えてくれた。私はそれをガリガリとメモに書き留める。

……当たり前のことだけれど、コールセンターは一番お客様の意見が集まる場所だ。商品に関する問い合わせも、クレームも要望も、一堂に集まるんだから、私がひとりでうんうん考えるよりもよっぽどいいアイデアが集まる。

私は野乃子の言葉を書き留め終えたあと、「ふう」と息を吐いた。

「ありがとう。こんなにたくさん。参考になった。あと、この間はごめん」

「ええー、ごめんってなあに？」

野乃子は笑って尋ねる。この子、本当に強いなと思う。よくよく考えたら、ずっとクレーム対応を続けている子が、強くないわけはなかった。

「……この間、企画が通らなかったことを八つ当たりしてさ。野乃子に当たることじゃなかったし……その」

「私が商品開発課に配属されなかったこと？」

「……うん。本当に、ごめん」

私が頭を下げると、野乃子は「うーん」と人差し指を唇に押し当てて言う。

「そりゃ、私だって商品開発したかったし、部外者の癖にって言われたら怒るよ、普通に」

「だよね……ごめん」

「いや、でもさあ。たまにだけれどお客様に感謝されるし、友達の商品を褒められるのは人のことだけれど嬉しいし。今はこうして貴絵が商品を考える手伝いができているから、それでいいんじゃないかなと思うんだけど。違う？」

ああ、本当にこの子は強い。不甲斐ないのは、やっぱり私のほうだ。

聞かせてもらった話をびっしりと書き込んだメモ帳を畳んでしまい込む。

「うん、そうだね」


野乃子から聞いたお客様の話を元に、私は新しく企画書を書く。

奇をてらっていないし、全く斬新でもない。でもお客様を引き込むパッケージは後付けで考えるということで、商品の機能だけに集中した企画書を提出したところ、湊さんがそれをじっと読み込む。

「最近、温海さんの企画は変わったものが多かったと思うけど、今回はずいぶんと直球ね？」

「はい、お客様のことを第一に考えました！　お客様が欲しいと思うもの、お客様が便利だというものを第一に、企画を詰めていったんです」

「うん……目を引くパッケージはあとで考えるとして、これだったらお客様も手に取ってみたくなると思う。久し振りね、温海さんがここまで考えて書くのは」

そう言って、湊さんがポンとハンコを押す。

【承認】の赤字に、私の胸は躍った。

「ありがとうございます……！」

「その気持ち、忘れないように。初心って意外と馬鹿にならないから」

ちょっと前だったら、湊さんは才能があるから好き勝手なことを言うけれど、みんなが同じように才能があるわけじゃないと、ひがんで素直にアドバイスを聞けなかった。どうせなにを言っても企画書を通してくれないくせにとひがみ根性が抜けなかったと思う。

でも今は違う。

上司の目を引くことだけ考えて作った企画は薄っぺらいし、もし商品になったとしてもいいものにはならない。そんなものを、誰も使いたいとは思わない。

結局、その商品が欲しいかどうか、一番の判断基準は自分なんだ。自分が欲しくないものを、お客様が欲しがるわけがない。

多分、また初心を忘れたら、目先のことだけ見た下らない企画を考えてしまうかもしれないけれど。今だけは私が欲しいものと、お客様が求めているもの、企画が通ったものが一致したことを喜ぼう。

あと、さんざん振り回してしまった野乃子に、企画が通ったお礼になにかご馳走しないといけないな。

カラスは舞い降りた

霜月りつ

視界の隅になにかがよぎった。

通勤途中の朝のことだ。山下千穂子《やましたちほこ》はその影につられて目線をあげた。初夏の強い日差しに目を細めて探すと、ビルの間を大きな鳥が円を描きながら飛んでいる。

あの大きさはトビだろうか？　子供の頃田舎では見たことがあったが、こんな町中にいるなんて。迷い込んでしまったのだろうか？

猛禽《もうきん》の力強い飛行を見ていると、そこに一回り小さな鳥が現れた。あれはよく知っている、カラスだ。

カラスはトビに向かってまっすぐに飛んでゆく。まさか、と思っていると、大きな声で威嚇《いかく》しながら、自分より一回り以上大きな猛禽に襲いかかった。

二羽はしばらく上空を追いかけっこしていたが、やがてトビがカラスから離れて西の方へ飛んでいった。カラスはしばらくそのあたりを飛び回っていたが、トビの姿が見えなくなると、逆の方向へ飛んでいった。

「あんな小さいのに」

思わず声が出てしまった。

「……縄張りから追い出したんだ」

不意に後ろから声をかけられ、驚いて振り返った。同僚の浜田壮介《はまだそうすけ》が顔を空に向けたまま立っていた。

「あ、おはようございます、浜田さん」

「おはよう、山下さん。君が上を見上げて突っ立っているからなにかと思ったよ」

壮介が笑いかけてきた。笑顔を見るのはずいぶん久しぶりだな、と千穂子は思う。

壮介は二歳年上だったが千穂子の同期だ。母子家庭で経済的に厳しかった彼は、大学進学のために二年バイトをしたのだ。ただ一人の肉親である母親に恩を返したい、と研修のときの自己紹介で話したことが印象に残っている。

穏やかで人当たりのいい営業マンの見本のような人物で、以前はいつもこんな笑顔だった。だが、ここしばらく、そう、半年ほど前から表情が暗くなった。

いや、壮介だけではない、営業第二課全体が薄暗くなっている。原因はわかっている。

「カラスが自分より大きなトビを追い出すんですか？」

「そう、たぶん、近くに巣があるんだよ。カラスは春から夏にかけて卵を産むからね」

千穂子は壮介と並んで歩き出した。

「カラス、勇気があるんですね」

「……勇気じゃないよ」

否定の言葉だったがそれは優しく言われた。

「生きるためだ」

見上げた壮介の視線はビルの間の青空に向けられていた。

「俺の話を聞いていなかったのか、おまえの頭の横についてるのはなんだ？」

「……耳です」

「役にたってないものは捨てちまえ。どうしてこんな見積もりを持ってくるんだ、馬鹿」

「納期の件を考慮しまして……」

「納期を守るのは基本だろうが！　くず！　チームにはくずはいらねえんだ、くずはゴミ箱に入ってろ！　ああ、デブすぎてつまっちまうか」

またやってる。と営業二課の社員は頭を低くして課長の罵倒が終わるのを待っている。

半年前に親会社から異動してきた小泉《こいずみ》課長は大声と荒々しい言葉遣いが元気の良さだと勘違いしている男だ。最初は親しみやすい親分肌かと思ったが、とりあえず部下のやることなすことにケチをつけるのが指導だと思いこんでいるふしがあった。白だと言ったのが翌日には黒になり、完璧にやりとげると今度は服装や容貌についてなにか言ってくる。息をするように罵倒する、レーダーのようにアラを探すと課内では言われていた。

今、課長の前に立っているのは浜田壮介だ。課長が着任して以来、壮介の顔色は悪くなり、髪は薄くなり、ストレスのためか太っていった。

「だいたいおまえ、なんだそのからだ。ぶくぶくぶくぶく太りやがって！　そんな贅肉つけてお客様の前にでるつもりか！　やせろ！　明日までに一〇キロ落としてこい！」

「すみません」

「すみませんじゃねえ、いますぐ一階から屋上まで一〇往復してこい！」

課長に怒鳴られ、壮介はがっくりと首を落として部屋を出ていった。

本当に一〇往復する気だろうか？　真面目な壮介ならやるかもしれない。でもあのからだでそんな無茶をしたら死んでしまうのではないか？

こんな会社いやだ、と千穂子は思う。課長の怒鳴り声ひとつひとつが心を傷つける。精神を消耗させる。命を縮ませる。課長は私たちから生命力を奪っている。

「結局、浜田さん、一〇往復したみたい」

「だれかアレはパワハラだって言ってやらないのかな」

ランチタイムは唯一課長の目が届かない時間。千穂子は同僚の女子社員の晴海《はるみ》や有香《ゆうか》を社外の公園に誘った。三人は額をくっつけあわせるようにして小声で課長の話をした。

「本社で課長の暴言に耐えかねてパワハラだと訴えた人がいたそうなんだけど」

課内であらゆる方面に人脈をもっている晴海が声をひそめた。

「その人の方が、子会社に飛ばされたんだって。課長は縁故入社だから」

「そんな、ひどい！」

「だけどそれで課長も本社から異動になったの。うちの社は逆らえないのよ」

顔を覆ったり天を仰いだりして、千穂子たちは嘆いた。課長の暴言は壮介や他の男子社員たちだけではない、女子社員にはセクハラめいた発言もする。

「だいたい浜田さんが課長にいびられるはめになったのも、課長のセクハラ発言をとがめたせいだものね」

そうだ、その点に関しては千穂子は責任を感じている。

初日に課長にお茶を淹れろと言われて、驚いたが仕方なく茶を淹れると、それが熱いだのぬるいだのと三回も淹れ直しをさせられた。その間、自分の仕事ができなかった。それだけならまだしも、三度目に淹れたとき、手を握られ、「こんな冷たい手をしてるから茶が冷めるんだ」と言われた。そのとき助けてくれたのが壮介だ。

「課長、うちではお茶は各自で淹れるんですよ。それに了承もなく女子社員に触れる行為はマナー違反です」

壮介は穏やかに課長に微笑みかけた。

そのときから壮介に対するパワハラが始まったと言っていい。

「なんか課長がいるだけで、やる気が吸い取られるみたい」

有香がベンチの背もたれに体を預け、空を仰ぐ。

「わたしも。課長って絶対、毒かなんかまき散らしてるよね」

晴海も言った。誰もが命を削られていると思っているのだ。


午後の柔らかな日差しが窓いっぱいに入ってきて、社内の埃をキラキラと浮かせている。課長の背にも日差しは落ちているが、周りに漂っているのはきっと毒の霧だ。課内は電話の呼び出し音や、お客様との会話で多少ざわめいてはいたが、やはり静かだった。

千穂子は自分のデスクからふたつほど離れた壮介の様子を窺《うかが》った。晴海が壮介は階段を往復したと言っていた。その間、滞った業務を昼休みを使って終わらせたらしい。

壮介はスマホ画面を見ていた。その表情が険しくなっている。千穂子は彼の持っているスマホが社用でないことに気づいた。就業時間内に個人のスマホを見るのは禁じられているはずだが……。

壮介はスマホをタップするとその表情のまま目を閉じた。しばらくそのままでいたが、やがて悲壮な決意を顔に乗せ、立ち上がった。

千穂子はなぜか胸がドキドキした。

壮介はまっすぐに課長の前まで進んだ。経済雑誌を読んでいた課長は壮介がデスクの前に立ったので、不審気に顔を上げた。

「すみません、課長。早退の許可をいただきたいのですが」

壮介の声は震えていた。課内の時間が一瞬止まったようだ。みんな顔を上げて壮介を見ている。課長は今まで早退の許可を出したことがなかったからだ。

「いま、おもしろくもない冗談を言ったか？」

「冗談ではありません。すみません、病院からの連絡で母親の容態が悪くなって」

「病院からだと？　おまえ、業務中に個人携帯をいじっていたのか？」

「緊急連絡のときだけです。長期入院中で、最近、その、危ないと言われていて」

その言葉で千穂子は壮介のあの表情の意味を知った。

「お願いします。仕事は病院から戻ったらやります」

「残業禁止をうるさく言われているってのに、残業までするっていうのか」

「お願いします、こうしている間にも母親の容態が」

「おまえのお袋が会社の仕事となんか関係があるのか。俺の若い頃は親の葬式でも会社を優先したぞ。病院にいるならおまえが行く必要はないだろう。でかい図体をしやがっていつまで子供気分なんだ？　そんな甘えがおまえをぶくぶく太らせるんだよ」

壮介の頰がぴくぴくした。大きな手がぎゅっと握りしめられ、その腕が震えている。

ひどい。

千穂子はデスクの上の書類を握りしめた。彼がどんなに母親を大事に思っているかは、一緒に研修を受けたみんなが知っている。その母親の容態が悪化したから入院している病院に駆けつけたい。そんなことも許されないのか。

千穂子は課長を睨みつけた。

その課長の背後の窓、四角く切り取られた空の中をカラスが飛んでいくのが見えた。上空は風が強いのだろう。カラスはからだを傾げながらぎこちなく翼を振っていた。それでも前へ前へと進んでゆく。

大きなトビに立ち向かっていったカラス。あのとき壮介はなんと言った？

勇気じゃない、と。

勇気じゃない、そうだ……、

「課長！」

千穂子は立ち上がっていた。声が震えた。けれどデスクを離れ、壮介の横に立った。

「浜田さんを帰してあげてください」

「なんだと？」

課長はぎろりと千穂子を睨んだ。足が震えたが千穂子は必死で息を吸い込み言った。

「浜田さんを帰してあげてください、おかあさんのところにいかせてあげてくださ い。浜田さんの仕事はわたしが代わりにやります！」

壮介が驚いた顔で千穂子を見ている。

「おまえなんかに浜田の仕事ができるわけないだろう」

「それでもやります、やらせてください。そして浜田さんを帰してあげてください」

「おまえ、自分がなにを言っているのかわかっているのか！」

青空の中に豆粒のようなカラスの姿。千穂子はそれを見てもう一度口を開こうとした。

「浜田を帰してやってください！」

別な方からも声がした。課長の席の近くに座っている同期の大林《おおばやし》だ。

「俺が浜田の仕事をやります、だから帰してやってください」

大林は眼鏡をかけてひょろっとした、かまきりを彷彿とさせる男だ。大柄な壮介と並ぶと半分ほどしかない。

「大林……」

壮介がぽかんと口を開けた。大林はそんな壮介にひきつった笑みを見せた。

「おまえら、なに言ってるのかわかっているのか？　上司にそんな口を……」

「浜田さんを帰してあげてください！」

課長の言葉を遮るように甲高い声がした。晴海だ。次に有香も立ち上がっていた。

「帰してあげてください、課長！」

「浜田を帰してやってください！」

また一人立ち上がった。

「帰してやってください！」

また一人。そしてさらに一人、二人。

「帰してやれ！」「帰して！」「帰してやってくれ！」「課長！」「お願いします！」

課内のほぼ全員が立ち上がっていた。何人かは課長のデスクの前に詰め寄っている。

カアカアカアカアカア！　カラスがトビに向かってわめいたようにみんなが課長に立ち向かった。

「お、おまえたち、これは造反だぞ、みんなクビにしてやる！」

「……課内全員クビですか」

壮介が静かに言った。

「そんなことになったらさすがに会社《うち》もこの課が異常だとわかるでしょうね。その異常事態の責任は誰がとることになるんでしょう」

全員の目が課長を見つめている。いや、睨んでいる。

真っ赤だった課長の顔が急速に青くなっていった。

「浜田、早く帰れ」

大林が壮介の肩を叩く。

「課長から判子はもらっておきますから」

千穂子も言った。

「……ありがとう！　みんな、ありがとう」

壮介の目に涙があふれ、ふくれた頬に零れていった。それを拭きもせず、壮介は部屋を飛び出していった。課内の全員がそれを見送り歓声をあげる。

千穂子は急いで自分のデスクから早退届を持ってきた。

「浜田壮介さんの早退届です。判をお願いします」

全員の見守る中、課長は悔しそうな顔で書類に捺印した。

壮介は間に合った。母親と最期の別れを交わすことができた。

結局、課内の誰もクビにならなかったし、異動もなかった。課長はあれから口数が少なくなり、大声を出すことも減った。

「それにしてもすごかったねえ、浜田の乱」

課内ではあの日のことをそう呼んでいる。

「みんな課長には耐えかねていたのよ」

いつものように晴海と有香と公園でランチ。そろそろ外で食べるのもキビシクなってくる日差しだ。

「あれは千穂子の勇気のおかげよね」

有香に言われて千穂子は笑いながら首を振った。

「あんなもの、勇気じゃないわ」

「え、でも」

「生きるためよ」

千穂子は入道雲が頭をもたげる空を見上げる。

「課長に命を削られている気がしてたの。あのとき言わなきゃ、わたし、死んだ心のままだったわ」

「そうだねえ、おかげで最近、毒も減った気がする」

「うん、生き返っているよねえ、みんな」

千穂子が見つめる青い空にはカラスはいない。今もどこかでその翼を振って戦っているのだろう、生きるために。

後日、壮介は課内のみんなにお礼だとチョコレートを配った。そのとき千穂子をおいしいイタリアンに誘ってくれたのは、晴海や有香にはまだ内緒だ。

部長と南国花子さん

一色美雨季

大人になれば、誰かに怒られることなんてなくなるものだと思っていた。誰もが子供の頃に思う幻想だ。もちろん、現実は違う。大人になっても怒られる。ただし、子供の時のような頭ごなしの怒られ方ではなく、感情をじわりと抉《えぐ》るような、ハラスメントと言われないギリギリの方法で。

地方百貨店商品部の若手バイヤーである深瀬達也《ふかせたつや》も、幾度となくそんな目に遭ってきた。

この仕事は、常にタフさが求められる。

百貨店の売り場には、『平場《ひらば》』と呼ばれる自店舗の売り場と、『箱場《はこば》』と呼ばれるテナント運営の売り場がある。この平場に置く商品を確保するため、バイヤーはトレンドを読み、客のニーズを考え、卸《おろし》や生産元と、仕入れ数に納期、価格の交渉を繰り返す。ここで手を抜くと、いたるところに迷惑（場合によっては損失）を与える。ゆえに、やらかしてしまったバイヤーは、会社という場所に相応《ふさわ》しい『ハラスメント未満の叱責』を受けるのだ。

そんなシビアな商品部に、新しい部長がやってきた。

営業推進部から移動してきた田上《たがみ》。ゆるキャラのような太鼓腹――もとい、恰幅のよさが際立つ四十代後半の中年男。若い頃にバイヤー経験があり、商品部へは出戻りだと言っていたが、そんなことより気になるのは、窓際に置かれた赤いハイビスカスの鉢植えだ。

鉢植えに挿したネームプレートには、『南国花子《なんごくはなこ》さん』の大きな文字。

田上の園芸好きは有名で、特に気に入った鉢植えには名前まで付け、必ず職場の目立つところに飾る。しかもネーミングセンスについてはただならぬものがあり、『パンジーの春咲菫《はるさきすみれ》さん』や『サボテンの砂漠野《さばくの》トゲ次郎《じろう》さん』など、もっと他になかったのだろうかと首をひねりたくなるような名前ばかりを掲げるのだ。

前部長よりユルくて優しそうな部長だが、だからと言って油断はできない。こういうタイプの人間こそ、意外と腹に一物持っていたりするものだから。

深瀬がそんなふうに思っていた、その矢先。

事件が起きた。

「どういうことですか！」

受話器を握りしめたまま声を荒らげる深瀬に、商品部全員の視線が集中した。しかし、今はそんなものに構ってはいられない。電話の向こうで「すみません」「申し訳ありません」を繰り返す相手に、深瀬は「どういうことですか」「どうにかならないんですか」としつこく言葉を被せる。きっとどうすることもできないのであろうことは薄々気付いている。それでも食い下がるしかない。そうしなければ、事態は解決しないのだから。

——ああ、やられた。

電話の相手は、T商事の畑中《はたなか》だった。T商事には、二週間後に始まる催事『ノスタルジック欧州展』の衣料雑貨を発注していた。T商事経由で東欧のメーカーから届く予定だったのに、それが期日までに納品できないと言われたのだ。

「深瀬君」

電話を切るとすぐに田上から名前を呼ばれる。「なにかトラブルでも？」

ああそうだ報告しなければ、と、深瀬はゆっくり椅子から立ち上がり、窓際の部長席に向かう。

「あの……今、T商事の畑中さんから電話がありまして……『ノスタルジック欧州展』の商品が、納期に間に合わないそうです」

ピクリ、と田上の眉が動き、室内の空気が変わった。深瀬は俯きながら、「航空便で発注していたはずが、先方の手違いで荷物が船便になってしまったようで……」と、尻すぼみに言葉をつなぐ。

いつもの深瀬なら、国内輸入済み商品を発注するのだが、今回はセレクトに力を入れるあまり、そのほとんどを日本未入荷商品にしてしまった。大手にはない商品を入れたいとの思いからだったが……それがアダとなった。

航空便と船便では、送料も到着日も大きく異なる。航空便なら遅くても一週間後には日本に届けられるが、船便だと一か月後。場合によっては、それ以上遅くなることもある。当然ながら、送料も船便の方が格安だ。

「……もしかして、T商事が取引先に送料を先払いしてしまったのかな？」

「はい、そのようです」

すると、田上は大きく嘆息し、「いまだにそんなことをする海外企業があるんだねえ」と呟いた。

商品が生物《なまもの》でもない限り、出荷方法は契約書化しないことが多い。それをいいことに、先に航空便の送料を受け取った取引企業が、わざと安い船便で出荷し、荷物が海上の手の届かないところに行ったところで、ようやく『手違い』を発覚させる。しかし、手違いがあったと連絡してくるだけで、送料の差額は返さないし、損害の賠償もしない。それはかつて、信用は商売の基本だと思い込んでいる日本企業相手に使われた、詐欺まがいの取引行為だ。

「……経験不足」

ぼそりと、先輩バイヤーの呟いた言葉が耳に入る。

深瀬も若いが、畑中も同様に若手営業マンだった。今回の件は畑中のミスなのだが、まるで自分のミスだと責められているような気がした。

「ま、起こってしまったトラブルは、今更責めても仕方のないことだから」

その場の空気を和ませるように、田上はやんわりと口を開いた。「T商事が代替商品の話をしてこないということは、こちらのコンセプトにあった商品を持っていないということだろうねえ。とはいえ、衣料雑貨のところだけ穴を空けるわけにはいかないし、深瀬君、なにかいい案はある？」

「あ、ええと、それが」

深瀬は口ごもった。経験不足はこんな時も現れる。今から国外の商品をセレクトするのは無理だから、T商事以外から輸入済みの商品を仕入れるしかない。では、どこに頼む？　どこなら『ノスタルジック欧州展』にふさわしい商品を持っている?

「……急には思いつかないかな?」

すみません、と深瀬は頭を下げた。「でも、大丈夫です。どうにかします」

言いながら、背中を冷たい汗が伝う。バイヤー歴二年。無理を聞いてもらえそうな取引先は、そんなに多くない。けれど、担当者である自分がどうにかしなければ。

すると田上は、思いもかけない提案をした。

「よし、では、ここは深瀬君の代わりに、僕が仕入れをするとしようか。昔取った杵柄《きねづか》で、知り合いの業者に声をかけてみよう」

「え、あ、あの、では僕はなにを」

「深瀬君は……ああそうだ、ちょっと頼みごとをしてもいいかな。屋上へ行って、南国花子さんを日向ぼっこさせてきてくれないか」

「……は?」

深瀬は耳を疑った。

この非常事態に、ハイビスカスの鉢植えを日向ぼっこさせる仕事。

すかさず「どういうことですか？」と聞いても、田上は「植物にとって、日照不足はよくないからねえ」と笑顔を崩さない。

——ああ。

終わったのだ、と深瀬は思った。遠回しの戦力外通告。パワハラをにじませないとぼけた指令。周囲の視線が痛い。今すぐここから逃げ出したい。

「じゃあ、屋上の鍵は警備員さんからもらってね。あとは僕に任せて」

はい、とうなだれるように頷くと、深瀬は落伍者の烙印となった南国花子さんを抱えて、商品部を後にした。

＊＊＊

かつては屋上遊園地として親しまれた場所も、今は時代の波とともに取り壊され、貯水槽があるだけの殺風景な場所となっていた。

フェンス際に、錆びついたベンチがひとつ。深瀬はそこに南国花子さんを置くと、その隣に自分も腰かけた。

「……なにが南国花子さんだよ。ただのハイビスカスの鉢植えじゃないかよ」

うららかな陽光の中、おおらかに開いた赤い花弁が風に揺れる。その風に、深瀬の吐いた大きな吐息も紛れて消える。

それなりに頑張ってきたつもりだったし、それなりに実績を挙げているつもりでもあった。けれど、結果が伴わないと、その努力も認めてはもらえない。

ぼんやり空を見上げる。打たれ弱いのは自分でもわかっている。でも、駄目だ。どうしても気持ちが沈んでしまう。子供の頃のように、ガツンと頭ごなしに怒ってもらった方が、スッキリとした気分になれただろう。

——異動させられるのかな。

ふと、そんなことを考える。前の部長は厳しい人だった。バイヤー同士を競わせ、そこから脱落した者をどんどん配置換えしていった。田上も元商品部の人間だったというし、同じことをしないとは限らない。

——この仕事、頑張ってたつもりだけどな……。

深くため息をついた瞬間、不意に重い鉄製扉の開く音がした。

「深瀬君、お疲れ」

振り返ると、そこには田上が立っていた。「日光浴できたかい？」

缶コーヒーをふたつ持ち、大きな太鼓腹をぼよんぼよんと揺らしながら、田上はゆっくりと深瀬の方に近付いてくる。

「喉が渇いただろう？　君、微糖でよかったかな？」

あ、はい、と言いながら、深瀬は立ち上がる。すると田上は「いいから、いいから」と言って深瀬に缶コーヒーを渡すと、南国花子さんを少しずらし、そこにできた空間に自分も窮屈そうに腰を下ろした。

「いい天気だねえ」

「はい、あの……」

「『ノスタルジック欧州展』の商品ね、K社に頼んでみようと思うんだ。あそこには昔の知り合いがいてね、久しぶりに連絡してみたら、ちょうどこっちのコンセプトに合う商品を持ってるって言うから」

「ほ、本当ですか？」

K社は、深瀬がまだ取引したことのない卸会社だ。「ありがとうございます！」と飛び上がらんばかりに礼を言うと、田上は笑って、「ただし、僕は先方を紹介するだけ。その先の商談は任せたよ」と言いながら、缶コーヒーのプルトップを開けた。

「深瀬君は、ちょっと頑張りすぎだからねえ。少し息抜きしないと」

——頑張りすぎ。

予想もしていなかった言葉に、一瞬、深瀬は言葉を詰まらせた。

「あ、いえ、そんなことは。僕なんかまだまだです。と、言いますか、てっきりバイヤーとして使えないから、屋上に追いやられたのだと」

「ん？　それはどういうことかな？　僕は、南国花子さんの様子を見て、少し深瀬君を休ませてあげないとって思っただけなんだけど」

え、深瀬は首を傾げた。すると田上はニヤリと口角を上げ、「南国花子さんはね、僕の右腕みたいなものだから」と、意味不明なことを言い出した。

「深瀬君、最近、僕に無断でサービス残業しているだろう」

瞬間、深瀬は表情をこわばらせた。

「ど、どうして……」

「だからね、さっきも言っただろう？　『植物にとって、日照不足はよくない』って。同じように、光を当て続けてもよくなかったりするんだよ」

曰く、商品部の窓際に置いた南国花子さんの生育状況がおかしい。それは、育成している人間しか気付かないような小さな変化。田上は、きっと誰かが遅い時間になっても室内灯をつけ、残業しているせいだろうと考えた。そして、それが深瀬であることを突き止めた。

「実は、前の部署でも、同じようなことがあってね。だから僕は、職場に植物を置くようにしているの。一応、相棒だから、ちゃんと名前を付けてね。あ、でもこれ、他のみんなには内緒だよ。南国花子さんは、癒しの存在であると同時に僕の密偵みたいなものだから」

ここだけの話にしておいてね、と田上は笑う。「頑張る部下は偉いと思うし、褒めてあげたいと思う。でも、頑張りすぎる部下は駄目だね。周りが見えなくなってる」

「それって、僕、でしょうか」

「そう。君は周りに頼らなすぎる。そういうのは、いつか自分自身を壊してしまうし、最終的に、周囲に迷惑をかけることになるよ」

「僕は、誰かに迷惑をかけるつもりなんて……」

弱くなる言葉尻に、田上は「分かってるよ」と言葉を被せる。

「君は頑張ってる。とても頑張ってる。でも、それじゃいけない。だから僕は、今から君にパワハラをします。今回のような仕事のやり方は、もうやめなさい。たった一度のミスなんかで、僕は頑張る部下を排除したりしないから」

パワハラにはほど遠いパワハラを受けた深瀬は、返事をすることも忘れ、田上の顔を見つめた。すると田上は口をへの字に曲げ、「なんだ、その顔は」と、不服そうに深瀬を見つめ返した。

「君ね、僕に対して不信感持ちすぎ。隠してるつもりでもバレバレだからね」

「いえ、あの、そういうつもりじゃないんですが、すみませんでした。って言うか、今のパワハラなんでしょうか。パワハラに思えないんですが」

「ああそう。君がパワハラでないと思ってくれたのなら、よかった」

――不意に、風が吹く。赤い花弁が、笑うように揺れる。

「誰だってミスするものだし、若いうちの経験不足は当たり前のこと。だから、もう気持ちを切り替えなさい。南国花子さんだって、そう言ってるよ」

いや、さすがにそれはありえないだろう――と思ったが、先程の沈んだ気持ちが、なんだか少しずつ上向いていくような気がした。思えば、こんな気分になったのは、商品部に配属されてから初めてのことかもしれない。

「僕は今までの商品部の空気を改善するつもりでいるから、君もそのつもりでいてね。では、仕事に戻ろうか。次の商談が待っているよ」

ぼよん、とお腹の肉を揺らし、田上は立ち上がった。

深瀬は「はい」と頷き、ゆるくも頼もしい田上の後ろに続いた。

その腕に抱えられた南国花子さんは、まるでエールを送るかのように赤い花弁を揺らすのだった。

すべては煙になり

神野オキナ

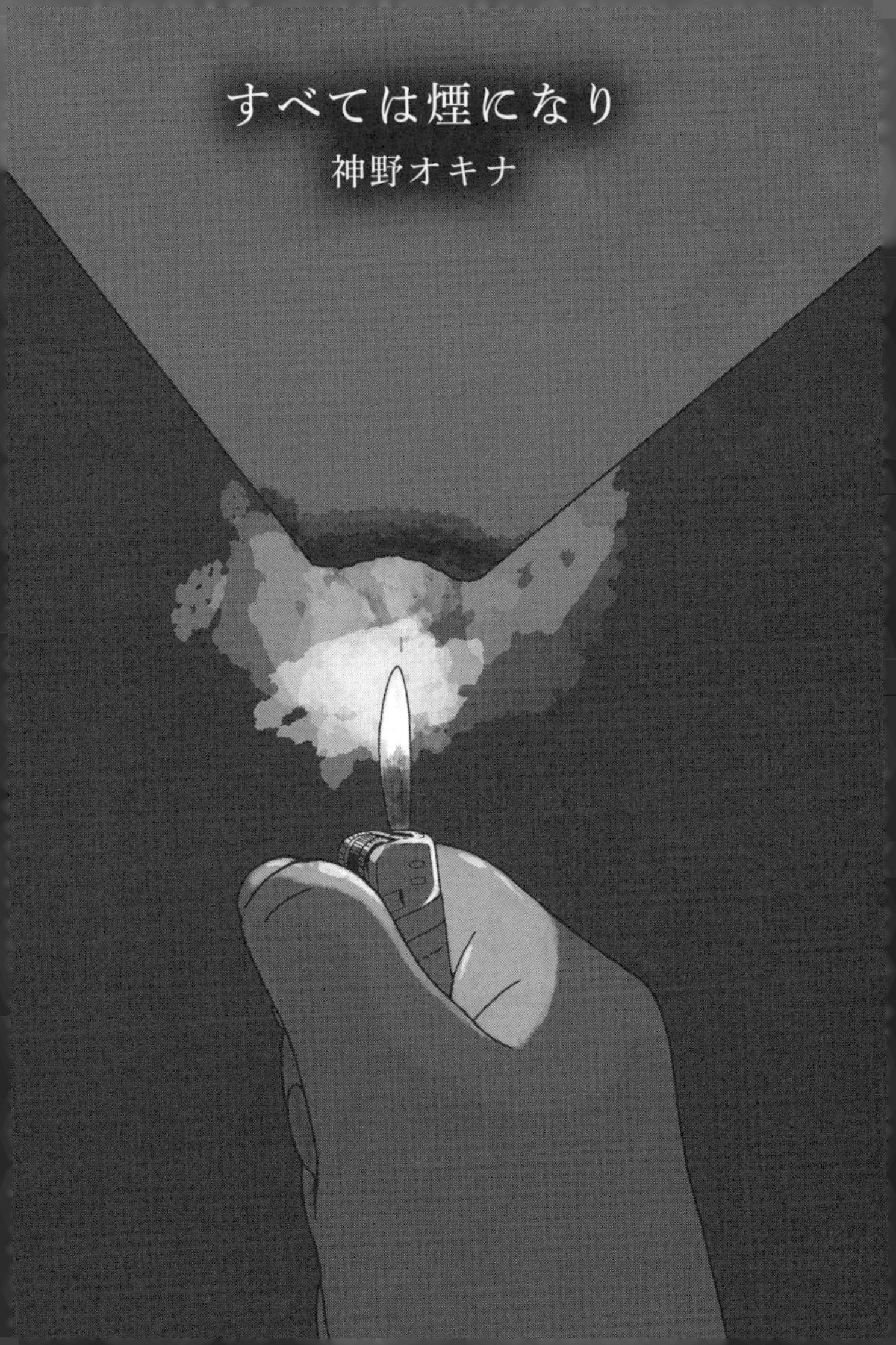

喫煙室をとうとう閉めるという。

少々落ち込んでいたところへ、書類を提出しにきた部下からそのことを告げられ、私は今さらに感慨をおぼえた。

社内が完全禁煙体制になると聞いたのは半年前だ。

去年社長になったばかりの今の若社長は、もとから喘息《ぜんそく》持ちな上に、ヘビースモーカーの父を肺がんで亡くしているから、大義名分が二つも揃っている。

私は禁煙して二十年以上。反対する理由もないので、他の部長連中、重役連中の半分以上と同じく「賛成」に票を投じた。

もちろん社内で不平不満は巻き起こったが、煙草の増税が間に挟まって「ならこれを契機に」という方向へ針は振れていった。

半年の猶予期間を設けたのは若社長の温情という奴だろう。

私は業務改善書類用の資料に眼を通し終えると、与えられた部屋を出た。

秘書は先に帰してある。

部長と呼ばれるようになって十年。あと五年で、その上に行けなければ……まあ、このまま終わるのだろうと思う。

私たちは最後の幸せな世代かもしれない。

辛うじてなんとか正社員のまま、退職金を貰って引退できる。

いつになく、メランコリックな気分になっているのに気付いて、私は苦笑した……。このまま喫煙室に行ってみよう。たまには一人の気まぐれもいい。

階段を降りて（最近、下りだけでも階段を使うようにしている）到着する。

久々の喫煙室の扉を開けると、むっとするヤニの匂いで一瞬、息が詰まった。

扉を閉めず、そのまま六畳間ほどの大きさの部屋の真ん中、吸煙装置も兼ねた大きなテーブル形灰皿の前に来て周囲を見回す。

経理部と営業部の入った、三階の片隅にあるこの喫煙室は、以前は三方がガラス張りだったが、十年前の改修工事で、今は入り口以外すべてが壁である。

新入社員で入った頃、まだバブルの残光は世間に残っていて、このビルも新しかった。

社員分煙のための喫煙室があったのはそのためだ。

その時でさえ、私の先輩や上司たちは「自分の席で煙草が吸えなくなった」とブツクサ文句を言っていたものだ。

大学時代は能天気に過ごしていたが、そこからいきなり現実である会社という組織に放り込まれたから、当時は毎日がたまったものではなかった。

毎日のように叱られた。大学名をあげつらって責められ、顧客から、先輩から、上司から、無能、間抜けと怒鳴られた……今ならパワハラものだが、当時そんな言葉はない。

この喫煙室で煙草を吸うのが唯一の救いだった。

私がいることに気付いて、そそくさと女子社員と男子社員が出て行った。

昔と違って、喫煙者は肩身が狭くなったものだ。

私は黙って見送り…その姿に、懐かしい幻を見ていた。

「……ああ」

私の脳裏を、この三十年近く、遠のいていた横顔がよぎって、思わず溜息が出た。

私たちも、上司に見つかると、こんな風にバツが悪くて逃げ出した。

もうすっかり忘れていたのに、古い記憶はあっという間に蘇る。

青鹿耀子《あおしかようこ》さんと言った。

彼女は私と並ぶぐらい背が高く、目つきが鋭く、横顔はシャープだった。

茶色っぽい髪をいつもひっつめにまとめていて、解いたところを他の社員には滅多に見せなかった。

私より二つ年上で、経理部の切れ者で、上司にもズケズケものをいう女傑という評判だった。

今から、三十年前、私は喫煙室で彼女と居合わせることがよくあったが話をしたことはなかった。

そんな関係が変わったのは偶然だ。

私は仕事の要領を得ない不器用さから、彼女は優秀すぎるが故に仕事を押しつけられて残業の日々で（三十年前は残業する社員は多かったが、全社員当然というレベルではなかった）、よく同じ時間に喫煙室で休憩していた。

さらに同じ銘柄を吸っていたのだ。

ある日、煙草を切らしてイライラしている彼女を見かけた。

「……っくしょー、これだからこの銘柄面倒なのよ」

小さく毒づいて、空っぽになった短い煙草の箱を叩きつけるようにゴミ箱に放り込んでいた。

定時仕事の煙草飲み（今はこういう言葉を使うことも珍しくなったが）は一回に吸う煙草の本数が決まっていることが多く、きっちりその本数吸うのが常だ。

彼女は必ず二本、私は一本、煙草を吸って出て行くのが慣習だった。

煙草一本の差は、会社になれている差だ。

その銘柄は一本の長さが短くて、上司の目を盗んでちょっと一服するには値段もお手頃だが、十三本入りという中途半端なもので、一回一本の私には都合が良かったが、ときには足らぬ日もある。

「あ、よろしければ、これ」

そういって、私は煙草を差しだした。

彼女は一瞬、戸惑った顔になり、だが煙草の魅力には勝てずに手を伸ばした。

「ありがとう」

「いえ」

私も、彼女も黙って吸った。

魅力的な女性だったが、気軽に声をかけるほど図々しくはない。何よりも連日の上司からの叱責で色恋沙汰に身を投じる心の余裕はなかった。

ひたすら、ニコチンで憂さを晴らす。それだけのことだったのだ。

次の日、彼女は律儀に借りた煙草を返してくれた。

そのうち、なんとなく他愛のない世間話をするようになった。

「馬鹿ねえ」

そういって彼女は良く笑うことに気がついた。

「馬鹿ねえ」は自分に向けられていることもあったし、他人や、私や上司に向けられることもあった。

だが、誰かを厳しく糾弾するような響きはなく、全て突き放して見ているような、そんな感じがした。

そこで彼女に接客や上司への言い回しのコツを教えて貰ったり、当時の係長への愚痴を聞いて貰ったり、また彼女の不平不満を聞いたりもした。

それ以外、何の話もしなかったと思う。……それで十分だった。

この場所で、残業がひと息つくと煙草を吸い、またひと仕事して、九時頃に家路につき、ぶっ倒れるように寝て、朝五時半に起きる。

張り替えられたばかりの喫煙室の白い壁紙が、年を越して煙草の煙で黄ばんだクリーム色になっていくころには、なんとか私も無能、というレッテルを剝がせるようになって、二度目に張り替えられた頃には、彼女と同じ理由で残業するようになった。

あの時、自分が何とか仕事をおぼえられたのは彼女のお陰……というだけではなかった。まともな先輩に巡り会えたり、不器用ながらのたゆまぬ努力と、理解してくれる顧客に巡り会えたことが、やはり大きかった……だが、そこまでメンタルが持った理由は間違いなく、あの喫煙所での一服だ。


喫煙室の隅の壁のパネルの一部がズレることを見つけたのは、ほんの偶然だ。たしか三回目に張り替えられたときだったと思う。

壁の一角をなんとなく肘で押したら、壁板の釘が抜けかけていたらしく、強く押すと、まるでロックが外れたようにかこんと釘が抜け、浮き上がった。

「なんか面白そう」

彼女はそう言って、持っていた小さなカッター（あの頃は事務職がそんなものを持ち歩いていても文句を言われることはなかったし、まだ鉛筆を削ることが当然だった）を取り出して、すっと壁紙をパネル一枚分切った。

「よ、っこいしょ」

パネルの裏はちょうど壁中の格子状の枠の隅っこで、空洞がポカンと開いていた。

「ふむ」

青鹿さんは釘を少し曲げ、外れたパネルをやや斜めに、下から上へと押し込むようにして元の場所に戻す。

そして、肘で押しながらもう一度上から下に押し込むようにして指をかけると、パネルは再び外れた。

「いい隠し場所になるわ、これ……ワンカートン入りそう」

青鹿さんは微笑んで、持っていた煙草とライターを押し込んだ。

「新しい係長、煙草が嫌いなのよ。女子でも男子でも、すぐ注意してさ、いやんなるわー」

ブツブツいいながら、彼女は蓋を閉じた。

「あ、君もさ、欲しくなったらここに小銭突っ込んでとっていいから。でも、他の人には内緒ね」

そういってイタズラっぽく笑った。

あどけなく、華やいだその笑みに、私は胸を射貫かれ……あとは、次第に思いばかりが膨れあがっていった。

一ヶ月後、私は外で煙草を買わなくなった。

あの壁の中の煙草を吸って代金として小銭をそこに入れたり、直接彼女に渡したりしていた。

相変わらず、会話の内容は変わらないが、それだけで幸せだった。

あれは四枚目の壁紙……青だったと思う……が張り替えられた頃だ。

彼女は喫煙所に姿をあまり見せなくなった。

会う時間帯がズレてしまったのだ。煙草のカートンは変わらずにおいてあった……会えないことでなお想いが募った。

壁の裏の煙草が空になっていたので意を決して、「寂しいです。お会いしたいです、いつお暇ですか？」と書いて、その頃会社から持たされるようになった自分用の携帯電話の番号を書いたメモを忍ばせた。

あれは、会社の近くにあった煙草屋が店じまいしたから、最初に出会ってから五年目の冬。

帰りの電車に乗るまで、引き返してメモを引き裂くべきかどうか随分迷った。

翌日出社すると、あちこちで彼女の名前が囁かれ、会社中が上を下への大騒ぎになっていて、特に経理部には警察が立ち入り、黄色と黒の紐（当時は今のようにテープじゃなかった）が張り巡らされていた。

彼女は、会社の金を合計一億近く横領して姿を消していた

最後に一千万を会社の経理金庫から奪い、あの煙草が嫌いな新しい係長と一緒に……係長には妻子がいて、ふたりは愛人関係だったらしく、そこへ監査が入って、不正が発覚する前にふたりは現金を持って逃げたらしい。

そしてその日、ポカンとしている私の目の前で、次の壁紙が、前の壁紙を剝がさないまま、その上に張られていった……色はたしか、黒だったと思う。

私はいっとき、失意に暮れたが、職場で新入社員として入ってきた今の妻と出会い、立ち直って何とかここまでたどり着いた。

そして今振り返れば二十数年。今でも、あのパネルは動くのだろうか。

いや、もう何度もここは整備されているはず。

そう思いつつ、新しく張り替えられて、それもまたヤニで汚れた壁に触れ、あの時のように特別な角度で押してみると、何かがズレた。

軽い驚きが私の中に満ちた。

まさか。逡巡が起こる。たまたま、だという理性の声。

私は自分の部屋に戻り、持って来たカッターナイフで壁紙を切ってみた。剝がされていない壁紙数枚の下、昔のようにパネルはズレて、中には封を切っていない、あの銘柄の煙草がしまわれていた。

セロファンの一部が切り取られ、中に手紙が入っていた。だれか、別人の手によるものではない。あの銘柄の煙草は、あれからすぐにデザインが変わった。

つまり、これは二十数年前にここに納められたまま、だったのだ。

私は箱を取り出して、吸煙装置も兼ねた大きなテーブル形の灰皿の角において手紙を広げる。

そこには彼女の字で「ごめんなさい、私はもうお会いできません。あなたが好きでした。でも係長は私がいないと駄目なんです」とだけ、書かれていた。

逃亡準備をするその間に、会社の金庫から現金を抜き取りながら、これを彼女は書いたのだろうか。

「馬鹿だなあ……」

私は呟いた。この手紙を書いて、ここにしまい込んだ彼女は、私がすぐに手紙を見つけてくれると思ったのだろう。

あの時、横領が発覚したその日に、この手紙を見つけていたら、私は彼女を追っていただろうか……そんなことを思う。

そして、見つけていただろうか。取り戻せただろうか。

この平凡な会社員としての日々ではない、何か波瀾万丈の日々を、いや、もっとつらい、犯罪者の恋人を庇う日々を私は過ごしていたのだろうか。

様々な思いが去来する……だが全ては「もしも」の話だ。

久々に吸ってみようか、と取り出した煙草をくわえ、同じ場所にあったライターで火を付けようとした時、スマホが鳴った。

娘からだ——明日の卒業式の後、家族で食事をしたくない、と言っていたが、やはり気が変わったと恥ずかしげに告げてきた。

「……わかったよ、大丈夫、予約はキャンセルしてないから。お前が来なければ母さんと一緒に二人きりで遠くから祝おうと思っていたんだ」

私は言って、電話を切り、煙草を元の場所に戻した。

ライターで手紙を焼く。

たなびく煙が、吸煙装置に吸われるのを背に、私は喫煙室を出た。

残った古い煙草を見つけた奴がどんな顔をするだろう、とふと考えたが、気にしないだろう、と結論する。

煙草も過去も、結局は煙になって消えてしまうものなのだから。

雨を泳ぎ、波紋を渡る

澤ノ倉クナリ

六月の半ば、平日の夕方。

ある文房具メーカーのビル内、営業部唯一の女性社員である三ノ口《みのくち》あきらは、ロングヘアを揺らして振り向き、左隣に座る後輩の五条修斗《ごじょうしゅうと》に声をかけた。

「あれ五条くん、プレゼン資料のデータ確認ってもう終わってたの？」

あきらは、歳よりもやや幼く見られる容姿ながら、今年で社会人四年目の二十六歳。修斗は新卒で一年間工場勤務をした後、今年度から営業部に入り、あきらと同じ課に配属されている。一八〇センチ近い背丈の修斗は、座っていてもあきらとは視線がまっすぐに合わないため、少しかがんで答えた。

「ええ。三ノ口先輩は事務処理速いですから、足引っ張れないんで」

「あ、私去年途中まで事務だったから、とにかく早く仕上げる癖があるかも」

「……去年まで事務？　俺、てっきりずっと営業一本かと思ってました」

あきらが頬をかいて苦笑する。

「人手不足と、『女性ならではの視点が欲しい』とか何とかで。今のところそんな視点活かせてないし、課に迷惑ばっかりかけてるけど」

「いえ。俺、三ノ口先輩はうちの課の重要人物だと思います」

「あはは、ありがとう。でもね、そんなことは——」

そう言いかけた時、あきらは課長に呼ばれた。

「三ノ口、お前の企画資料の不備部分、メールで送るから再提出な」

課長にため息混じりにそう言われ、よろよろとあきらはデスクに戻る。

「——そんなことはないわけだよ五条くん！　こんな風に！」

「ま、まあ、こんな日もありますよ」と修斗は明るい調子で励ますが。

「五条くん、今のうちに言っておく。私は筋金入りのうっかり者なの」

そんな、とフォローしようとした修斗に、あきらは真顔で言った。

「私は小さい頃から、他の人ならまずやらないようなしょうもない失敗をしょっちゅうするの。正直、後輩には私なんて見習って欲しくないくらい。大人になれば少しはましになるかもと思ったのに、仕事でも何回やらかしたか……！」

「……それでも営業成績が結構いいのは、逆に凄いんじゃないですか」

「自分のうっかり癖が分かってるからこそ、事前準備だけは怠らないようにしてるの。たとえ人の倍の手間をかけてでも、なんとか売上予算は達成しようと！」

ふるふるとかぶりを振るあきらをよそに、修斗が小声で呟く。

「俺は三ノ口先輩の下につけて、嬉しいですけどね」

あきらと修斗はここのところ、新商品のマスキングテープのプレゼン準備に忙殺されていた。布のような独特の質感が特徴で、開発部自慢の製品だ。

「明日のプレゼン、三ノ口先輩が発表者なんですよね。売れるといいな」

「そうだね……大手小売のバイヤーが何人もみえるんだ……ああ、胃が痛い」

「先輩、もしかしてあがり症ですか」

「うちのプレゼンて、ホールのステージで、半円状の客席に囲まれて発表する形なんだけど。むしろ、あれであがらない人がいたら見てみたいよ……」

そんなプレゼン前夜、気がつけばとうにほとんどの社員が退社している。

「ごめんね、毎日残業させて。今回実質二人でやってるもんね」

「いいえ、俺はむしろ早速貴重な経験ができて楽しいんで」

あきらがパソコンの電源を落とす。その時、隣にいた修斗は、あきらの手に一枚の写真があるのに気づいた。人が一人写っているのがかろうじて見える。

（プリントした写真？　スナップっぽいけど……誰の？）

ほのかに頬を染めて写真をバッグにしまう、あきらのその丁寧な手つきに、修斗は妙な悔しさを覚えた。


翌日のプレゼンは、夕刻に終わった。あきらの心にいささかの傷を残して。

「ほらああ……やらかしたああ」

「五度ほどフリーズして、進行の手順飛ばしただけですよ。大丈夫」

「それは全然大丈夫じゃない……！」

二人は、参加者が退席したホールの片付けの最中だった。

「このウサギのイラストボード、好評でしたよね。描いてよかったです」

「え、これって、五条くんが描いたの？　てっきりどこかに発注したのかと」

「言ってませんでしたっけ。俺、絵が趣味なんです」と修斗が笑う。

あきらが今日のプレゼンを何とかやりおおせたのは、新商品のテープを使ったポップな飾り付けを実地で表現した、そのイラストボードに自信があったことも大きかった。それは逆に言えば――

（後輩の力がなければ、もっとひどい発表になってたかも知れないんだ……）

あきらの脳裏に、事務課の面々の顔が浮かんだ。急遽営業への異動を命じられ、不安を募らせていたあきらを、みんなが笑顔で勇気づけてくれたあの日。

『やれるよ、あきらなら』『そうそう。だからこその抜擢なわけだし』『違う会社に行くわけじゃないんだから』『つらかったらいつでも戻っておいで』……

この会社の事務は、毎日が小さな繁忙期を過ごしているようなもので年中忙しく、残業も多い。あきらの異動は相当痛かったはずだ。

（恨みごとひとつ言わずに送り出してくれたのに、私がこんなんじゃ……）

営業と事務はフロアが分かれており、互いに一度も顔を合わせない日も多い。

慣れない仕事で打ちひしがれた時、仲間と励まし合いたい気持ちにもよくなる。しかし営業部は内部での競争もあり、新参のあきらはなかなか打ち解けられない。一致団結が基本の事務との違いに、疎外感を味わうことは多かった。

（仕事なんだから頑張るけど。でも、何だか、凄く寂しい――）

「三ノ口先輩？　どうしました？」と修斗が手を止めて訊いてくる。

「ん……私、自分なりに頑張ってはいるつもりなんだけど……あんなに準備しても本番で失敗するし、後輩にも助けてもらって、何だか、情けないな」

言葉にしたせいで涙の気配が強まってきたのを、あきらは懸命にこらえた。

「……でも、流暢にしゃべればいいってものでもないでしょう。あんないかめしいバイヤーたちで埋まった客席を前にしてたっていうのに、ポイントが分かりやすい、いい発表だと俺は思いました」

真顔の修斗に、「もう」とあきらの涙が収まる。その手がスーツのポケットにお守りのように入っている写真に触れた。それが、ちらりと修斗にも見えた。


翌日の金曜日、プレゼンに出席してくれた企業を片っ端から回ってみると、あきらの発表は存外いい印象を残していた。修斗が「ね」と微笑む。

十八時を過ぎて、二人は丸一日の行脚に疲れ果てて事務所に戻って来た。だがあきらのデスクの傍らには、まだプレゼン用の備品がこんもりと積んである。小物の整理や社内リース品の返却は、細かいだけに手間と時間がかかるのだ。

気が重かったが、体も酷く重い。ここのところ根を詰めていたせいで夏風邪でも引いたかな、とあきらが嘆息した時。

「あっ……」

あきらは、プレゼンの翌日に挨拶に行くと口約束をして、顔を出していない得意先が一社あるのを思い出した。

「私って、どうしてこう……」

先方の担当者は軽い約束でも違《たが》えると面倒なタイプだったが、そうでなくても約束は守りたい。向こうの定時は朝が遅い分夜も遅いので、まだ間に合う。

「三ノ口先輩、出かけるんですか？　これから？　何か手伝えますか？」

目ざとく気配を察した修斗に、とっさにあきらは嘘をついた。

「ううん、週明けにする。五条くんは帰りなよ、あとはやっておくから」

渋る修斗を送り出す。外はいつの間にか雨が降っていた。背筋の寒気が増す。

「……へこたれちゃだめだ。人の倍、誠実にやって人並みなんだから」

あきらは自分を鼓舞しながら、例の写真にポケットの上から手を当てた。

「着い……た……長かった……」

先方とかなり具体的な商談にまで発展してしまって、あきらが裏口から会社に戻ってきた時には、もうあまり時計を見たくない時刻になっていた。

守衛に声をかけて事務所に入ると、既に明かりは落とされていて誰もいない。

体調は本格的に悪化していた。頭痛に、耳鳴りもする。くじけそうになるが、例の備品だけは始末しておかないと、月曜の朝が混乱から始まることになる。

こんな気分を、いつか味わったことがあった。一人暮らしを始めて最初の冬に、高熱を出した時のことだ。会社を早退し、薬と食べ物を買ってよろめきながら帰宅したが、その時にはもう体力が限界を迎えていた。買い物袋の中身を一つ取り出すごとに、倒れそうなほどの苦痛に見舞われた。今と同じように。

(いや、そんなこと思い出してる場合じゃない。早く終わらせて、帰る!)

悪寒と頭痛を振り切り、「やるぞ」とデスクの前に仁王立ちする——が。

「え?」

異変にはすぐに気付いた。あきらの机の周りがすっきりと片付いている。

大小の荷箱も台車の貸出票も、結果報告書や届け出書類の束も、何もない。

あるのは、適切に処理が済んだことを示す総務の印が捺《お》された受領書だけだ。
「なんで……」と呟いて、あきらは茫然と立ち尽くした。
営業部の職員は、基本的に担当外の仕事を勝手に手助けすることはない。
だから心当たりは、一つしかない。
あれほど重かった足の疲れを忘れて、あきらは駆け出す。
再び裏口へ戻り、ドアを開けた。街を包む雨はまだ降り続いている。
庇の下から正面を見ても人通りはなく、篠突《しのつ》く雨音しか聞こえない。
「……いるわけないか、こんな時間に――」
ひとりごちた時、雨音の響きが変わった。
「誰がです？」
青い大きな傘を差した、スーツ姿の長身があきらの前に立つ。
あきらは何と言っていいのか分からなかった。数呼吸してからやっと、
「ありがとう……五条くん」と告げる。

「いいえ」

「あの後、会社に戻ったの？」

「先輩が気になって、改札前でターンを。備品片した後は、そこのファミレスから裏口見張ってました。夕食と夜食も摂りながら」と修斗は笑う。

「終業後に、そんなこと……あの量を片付けるの、大変だったでしょう」

「俺一人じゃなく助っ人もいたんで、思ったよりずっと早く終わりましたよ」

「助っ人？」とあきらが首をかしげる。そんな習慣は営業部にはないはずだ。

「事務課のお姉様方です。あんな時間に先輩が出ていったのを見て駆けつけてきて、残ってる仕事は何と何だって。皆先輩を気にかけてたんですよ、ずっと」

言葉を失ったあきらの脳裏に、事務課一人一人の顔が弾けた。毎日共に時間に追われ、失敗に落ち込みもしながら、明るく励まし合った思い出が蘇る。

離ればなれになってしまったと思っていた仲間たちは、今もあきらを見てくれていた。

体が弱り切っている分、温かい思いやりが余計に胸に響いて、止めようもなく涙が溢れてくる。頬を流れ落ちた雫が、雨よりも静かに地面を叩いた。

「……ところで先輩。それってもしかして、事務の誰かの写真ですか」

「あ、えっ？　こ、これ？」と、あきらがポケットの写真に手をやる。

「すみません、気になって。その写真、いつも見てますよね」

「これは、何でもないよ。そう、ただの」

「ただの？」

「……わ……私の写真。入社して、すぐの頃の」

決まり悪そうに、あきらは写真を差し出した。四角い枠の中で、今よりも少しあどけなさの残るあきらが一人、ぎこちなく笑って写っているスナップ。手に取った修斗が、しばらく固まる、

「……私のこと、自分大好きかって思ってるでしょう」

「いえ……分かりますよ。きっとこれ、事務課の皆さんと同じですよね」

え？　と、少し顔を赤くしていたあきらが顔を上げる。

「隣にはいないけど、ここに誰かがいるんでしょう。カメラのこちら側――これを撮った人。その人が、先輩の心の支えですか」

あきらが本格的に赤面した。それを見た修斗がため息をつく。

「ああ……分かりました。その人が、先輩にとってどういう存在か」

「か、勝手に察しないで！　確かに凄くお世話になったけど、昔のことだし、その人とっくに転勤してるし、とにかく昔の話なの！　私がその写真からもらってるのは、当たって砕けるのを怖がらないための、初心忘れずの気力だから！」

「そうですか。ではそんな先輩に、新しい元気の素をあげます」

肩をいからせて息を荒らげているあきらは、そう言われて我に返る。

「え？　新しい、何？」

「俺は絵を描くのが趣味ですが、デコレーションも好きなんです」

修斗は自分も庇の下に入ると傘を閉じ、カバンから取り出したクリアファイルをあきらに渡した。中にはラミネート加工が施された紙片が入っている。

六人の見知った顔が写った写真だった。その周りを、修斗が描いたのであろうかわいらしい動物のイラストとマスキングテープが飾っている。

六人とも、事務課の同期と先輩たちだった。今にもあきらの名を呼ぶ声が聞こえそうな、生き生きとした笑顔でそこにいる。何も変わらずに。

「さっき、事務課で撮影から出力とラミネートまでしてもらって、先輩待ってる間に俺が少々飾っちゃいました。フロアや仕事が変わっても、皆さん三ノ口先輩を応援してます。もちろん、本当は営業部の人たちも。だから――」

修斗が、片膝をついてあきらを見上げた。まっすぐに目が合う。

「だからもう、自分のことを情けないなんて言わないでください。俺たちは皆、いつも一生懸命な先輩が同じ職場にいてくれるのを、幸せに思ってますから」

あきらの体の奥から胸一杯に、温かさといくつもの笑顔が込み上げてくる。

そして目を閉じると、さっきよりも膨らんだ想いに、ぼろぼろと涙が零れた。

暗い雨に打たれ続けるような日々もある。でも、それを見てくれている人はいる。それなら、光の射す方へ、雨の中を泳ぎ抜けることもできるだろう。頑張ってきてよかった。こんな風に泣けるのはいいことだ。そう思えた。

「……でもやっぱり、後輩に涙を見られちゃうのは情けないと思うなあ」

「暗いから、よく見えません。……先輩顔色悪いですよね？　駅まで送ってもいいですか？」と修斗が立ち上がる。

いや見えてるよね、とあきらは口を尖らせつつ、事務所へ荷物を取りにいく。

駅への道すがらもう一度お礼を言おう——とあきらは胸中で呟く。ほどけてしまったと思った絆が、今も繋がっていると気付かせてくれたことを。

裏口を出た二人の靴は軽い水音を立てて、街灯の光を湛える、湖面のような道を進み出す。淡い波紋は雨粒が生む無数の波紋の中に消えていく。

地面を冷たく打つその雨も、遠からず止む。

PROFILE 著者プロフィール

企画室より愛を込めて

石田空

『サヨナラ坂の美容院』（マイナビ出版ファン文庫）で紙書籍デビュー。著作は『神様のごちそう』（同上）、『縁切り神社のふしぎなご縁』（一迅社メゾン文庫）、『吸血鬼さんの献血バッグ』（新紀元社ポルタ文庫）。

すべては煙になり

神野オキナ

沖縄県出身&在住。主な著書に『カミカゼの邦』『警察庁私設特務部隊KUDAN』（徳間文庫）『〈宵闇〉は誘う』（LINE文庫）『タロット・ナイト』（双葉社）など。

部長と南国花子さん

一色美雨季

「読む、書く、縫う、編む」が好きな根っからのインドア派。『浄天眼謎とき異聞録―明治つれづれ推理』で第2回お仕事小説コン、グランプリを受賞。その他に児童小説や、美雨季名義でノベライズも手掛ける。

アリの巣にて

鍬津ころ

フリー編集者・ライターを経て2015年に電子書籍で小説デビュー。お手軽Hなテイストの奥に、粘着力強めの情念が渦巻くと（一部で）評判。酒とタバコと猫と着物でできている、お察しの通りオタクです。

自分の価値を決めるのは

金沢有倖

コメディやファンタジーが多く、京都、平安時代が舞台で、神社仏閣、神秘、伝説、占いものをよく執筆しています。代表作は『闇の皇太子』（ビーズログ文庫アリス）。

雨を泳ぎ、波紋を渡る

澤ノ倉クナリ

千葉県出身、長野県在住。短編小説は読むのも書くのも楽しいものですので、本作もお楽しみいただければ幸甚です。マイナビ出版ファン文庫より『黒手毬珈琲館に灯はともる』が発売中です。

カラスは舞い降りた

霜月りつ

富山県出身。バイトも会社員も経験あります。マイナビ出版ファン文庫『神様の用心棒』、小学館キャラブン！『えんま様の忙しい49日間』、コスミック文庫α『神様の子守はじめました』などの著作があります。

ある日、暗闇がおとずれ

溝口智子

星新一のショートショートを読んで育つ。小学校5年生まで、工場には人が居ず、フルオートメーションが当たり前だと思っていた。マイナビ出版ファン文庫に著作あり。お酒を愛す福岡県在住。ちゃぶ台前に正座して執筆中。

すべての明かりが灯る夜

杉背よい

著書に『あやかしだらけの託児所で働くことになりました』（マイナビ出版ファン文庫）、『まじかるホロスコープ☆こちら天文部キューピッド係！』(KADOKAWA)など。石上加奈子名義で脚本家としても活動中。

俺は安藤課長を怒らせたい！

南潔

『質屋からすのワケアリ帳簿』、『黄昏古書店の家政婦さん』（マイナビ出版ファン文庫）など、他書籍発売中。

おうちの卒業証書

猫屋ちゃき

乙女系小説とライト文芸を中心に活動中。２０１７年４月に書籍化デビュー。著書に『こんこん、いなり不動産』シリーズ（マイナビ出版ファン文庫）『扉の向こうはあやかし飯屋』（アルファポリス）などがある。

この物語はフィクションです。
実在の人物、団体等とは一切関係がありません。
本作は、書き下ろしです。

Fan ファン文庫 TearS

会社であった泣ける話
～職場でこぼれた一筋の涙～

2020年6月30日　初版第1刷発行

著　者	石田空／一色美雨季／金沢有倖／神野オキナ／鍬津ころ／澤ノ倉クナリ 霜月りつ／杉背よい／猫屋ちゃき／溝口智子／南潔
発行者	滝口直樹
編　集	ファン文庫Tears編集部、株式会社イマーゴ
発行所	株式会社マイナビ出版 〒101-0003　東京都千代田区一ツ橋二丁目6番3号 一ツ橋ビル2F TEL　0480-38-6872（注文専用ダイヤル） TEL　03-3556-2731（販売部） TEL　03-3556-2735（編集部） URL　https://book.mynavi.jp/

イラスト	456
装　幀	小林美樹代＋ベイブリッジ・スタジオ
フォーマット	ベイブリッジ・スタジオ
DTP	須藤創（マイナビ出版）
印刷・製本	中央精版印刷株式会社

●定価はカバーに記載してあります。●乱丁・落丁についてのお問い合わせは、
注文専用ダイヤル（0480-38-6872）、電子メール（sas@mynavi.jp）までお願いいたします。
●本書は、著作権上の保護を受けています。本書の一部あるいは全部について、
著者、発行者の承認を受けずに無断で複写、複製することは禁じられています。
●本書によって生じたいかなる損害についても、著者ならびに株式会社マイナビ出版は責任を負いません。
©2020 Mynavi Publishing Corporation

ISBN978-4-8399-7330-8
Printed in Japan

プレゼントが当たる! マイナビBOOKS アンケート

本書のご意見・ご感想をお聞かせください。
アンケートにお答えいただいた方の中から抽選でプレゼントを差し上げます。
https://book.mynavi.jp/quest/all

Fan
ファン文庫

ぬいぐるみ専門医
綿貫透のゆるふわカルテ

著者／内田裕基　イラスト／おかざきおか

ぬいぐるみはたくさんの愛を受けて
大事にされるべき存在なんです。

おっとりな院長の透と幼馴染で刑事の秋が
ぬいぐるみだけではなく持ち主の心や絆も
修復していく—。

Fan
ファン文庫

拝み屋つづら怪奇録

著者／猫屋ちゃき　イラスト／双葉はづき

人は時に鬼となる―
現代怪奇奇譚

紗雪の周りの人が次々と不幸な目に遭うようになり、
不安になった彼女は拝み屋を頼ることに―。
『こんこん、いなり不動産』の著者が描く現代怪奇奇譚

Fan
ファン文庫
TeArS

電車であった泣ける話
あの日、あの車両で

著者／溝口智子・那識あきら・国沢裕 ほか
イラスト／丸紅茜

あなたが最後に泣いたのは、
いつだったか覚えていますか？

電車を使う人の話。電車で出会った人の話。
そして、電車が止まる駅の人の話。
涙を誘う感動のエピソードを、あなたに。

Fan
ファン文庫
TearS

書店であった泣ける話

一冊一冊に込められた愛

著者／溝口智子・朝来ゆみか・金沢有倖　ほか
イラスト／はしゃ

あなたが最後に泣いたのは、
いつだったか覚えていますか？

本には、さまざまな想いが込められています。
時には知識を。時には思い出を。時には勇気を。
そしてこの本は、感動をあなたに運んでくれます。

Fan
ファン文庫
TearS

動物の泣ける話
君からもらった幸せの思い出

著者／溝口智子・石田空・猫屋ちゃき　ほか
イラスト／かざあな

あなたが最後に泣いたのは、
いつだったか覚えていますか？

犬や猫、鳥などさまざまな動物と暮らせば、
そこにはドラマが生まれます。言葉を話せない
動物たちとでも「心」は通わせられるのです。